Sukkelariteit

36 Lekkerlees Staaltjies

Leon Cornelius

Outeur: Leon Cornelius
Voorbladontwerp: Mariaan Taljaard

Geset in Franklin Gothic Book 13pt

ISBN 9798463525185
Eerste Uitgawe 2021

Uitgegee en gedruk deur
Malherbe Uitgewers

Inhoud

Rowwe Keuring

Die jaar is 1998 en ek is vars uit skool toe 'n gulde geleentheid oor my pad kom. Ek en my beste vriend het suksesvol aansoek gedoen om by Verwoerdburg Brandweer se keuringsproses vir veldbrandslaners in te kom.

In totaal was ons 'n stuk of dertig jong, fikse en gretige manne wat moes wedywer vir slegs twaalf openinge. Omdat die keuring fisies uiters straf was, het ek besef dat drie van die twaalf posisies so te sê gevul was nog voor ons begin het. Hierdie drie kraaie het almal al die Comrades-Marathon suksesvol voltooi, so wanneer dit by fiksheid en uithouvermoë kom was hulle die res van ons ver voor.

Dit het my gelaat met 'n een uit drie kans om sukses te behaal. Met die swaar, warm klerasie wat gebruik word vir die eintlike werk van brande slaan en blus, moes ons 'n hele aantal take binne twintig minute voltooi. Die geheim was om dit eintlik in so min as moontlik tyd klaar te maak aangesien almal 'n gelyke kans gestaan het om in die twintig-minute kurwe te slaag.

Wat ons alles moes doen kan ek nie onthou nie, maar een gedeelte het vir my so duidelik uitgestaan dat ek dit nie sommer sal vergeet nie.

Ons was reeds goed moeg en deeglik beproef toe ons 'n groot gasbottel wat seker so dertig kilogram weeg vyftig meter na 'n punt toe moes dra en weer vyftig meter terug. Die laaste uitdaging!

Nog op pad na die eerste punt gee my ou vriend se knieë in en sê hy dat hy maar gaan opgee.

"Nee man, byt vas! Het jy nou deur alles gegaan om sommerso op te gee?" probeer ek die ou moed inpraat.

Hy tel die bottel op en strompel nog so twee meter verder voor hy weer stop.

"Ek kan regtig nie meer nie!"

Sy oë was net so leweloos soos sy liggaam. Omdat ons op 'n punt gestaan het waar die instrukteur ons nie kon sien nie vat ek toe sy bottel én myne en sê hy moet net langs my loop. Ek onderneem om syne te dra tot waar ons die eindstreep in sig het en dan kan hy net die laaste sowat twintig meter deurdruk. Daar dra ek toe twee gasbottels vir so sestig meter.

Omdat tyd 'n faktor is, sit ek alles in hierdie laaste poging in. Met die laaste gedeelte oor, sit ek sy bottel neer en sê hy moet nou teen 'n spoed eindlyn toe jaag.

Met my oë gefokus op die eindstreep beweeg ek doelgerig daarheen sonder om links of regs te kyk. My moeg kan rus wanneer ek die einde bereik, dink ek.

Die taak is binne agtien minute afgehandel wat my kanse om gekeur te word lewendig hou. Na ek die bottel neergesit het, draai ek om net om te sien hoe my vriend op sy hurke sit met sy bottel langs hom op die grond - slegs vyf meter van die einde af!

“Tel die ding op en kom! Jy is so te sê klaar!”

Dit neem hom eindelik drie minute om die vyf meter te voltooi en hy eindig op een-en-twintig minute.

Die Comrades-manne het tussen twaalf en veertien minute geneem en slegs dertien van ons het onder twintig minute geëindig. Gelukkig vir my het vyf van daardie dertien na my klaargemaak.

Dit was nou wel ’n jammerte dat my vriend dit nie gemaak het nie, maar kort daarvan om hom te dra kon ek niks anders doen om die perd te help nie. Hierdie episode sou die deur vir my oopmaak om twee jaar later by die stadsraad se sekerheids-afdeling in te kom.

Uithougroete

Verwoerdburgstad

In die dae toe die huidige Centurion Mall nog Verwoerdburgstad was en Verwoerdburg nog besig was om gewoond te raak aan die naam Centurion, word ek eendag vir 'n nagskof-sessie by die eens spoggerige winkelsentrum gepos om 'n stadsraad gebou op te pas.

Ek het pas 'n Ford Bantam bakkie vir R8000 gekoop by 'n kollega - nie 'n slegte kopie nie. So arriveer ek by die sentrum en parkeer my ouerige nuwe bakkie voor die plekkie wat ek moet beveilig.

Kyk, nagskof is gewoonlik 'n uitdaging, veral as 'n man nie deur die dag geslaap het nie. Die uitdaging hierin is om wakker genoeg te bly om elke uur aan die beheerkamer te rapporteer dat als onder beheer is. Daar sit ek om twee-uur die oggend toegesluit in my hok, besig met my eie gedagtes, toe ek 'n venster hoor breek.

Soos blits spring ek op, sluit die veiligheidshek oop en storm na buite. Die groot parkeerterrein lê verlate voor my oë met my bakkie die enigste voertuig daar. Daar is ook geen teken van enigiets op twee, vier, ses of agt bene nie. Dis morsdood stil.

Ek was baie beslis wakker genoeg om te weet dat ek 'n venster hoor breek het, maar vanwaar kon die gesanik van die eens heel venster gekom het? Stadig, omdat ek gehoop het my vermoede is verkeerd, stap ek na my bakkie. Ja wragtig! Die bakkie se passasiersruit is flenters! Weer kyk ek vinnig om my rond, maar dis doodstil en verlate.

Die skade, buiten vir die stukkende ruit, was darem nie te erg nie. Die dief het slegs my ekstra werkstrui gesteel wat ek saamgeneem het om as kussing te gebruik sou ek wou skuinslê. Eers rapporteer ek die gebeure aan die beheerkamer-operateur - wat self lekker deur die slaap klink - en toe verlaat ek my pos om na die dief te gaan soek.

'n Verlate winkelsentrum in die vroeë oggendure is, wel, redelik spookagtig. Ek is egter vasbeslote om die ruitbreker vas te trek en ek is seker dat hy iewers in die sentrum skuil. Uiteindelik bereik ek die meer - ja, daar was werklik eens op 'n tyd 'n lieflike meer aan die onderkant van Verwoerdburgstad. Versigtig stap ek al langs die meer in die donker. My oog vang 'n beweging op een van die uitkykbankies en ek sluip stadig nader. Eers toe ek naby genoeg is om die slapende gedrog aan sy kraag te gryp, steek ek my hand uit. Maar voor ek aan hom kon raak, draai hy om en ek besluit om die man te los. Die lewe het hom duidelik al goed opgefoeter en ek gaan nie dinge vir die man slegter maak nie.

Ek begrawe dus my woede toe die man met wyd oopgerekte oë hakkelend mompel: "Ek is jammer, Meneer. Ek weet ek mag nie hier slaap nie, ek loop dadelik."

"Nee wat, bly maar hier. Ek gaan jou nie vanaand verjaag nie."

"Baie, baie dankie, Meneer," sê hy in 'n bewerige stem.

Ek draai toe maar om en stap terug na my bakkie en die plek wat ek moet bewaak. Aangesien ek niemand anders as die sluipslaper gevind het nie, bestaan die moontlikheid natuurlik dat ek die skuldige gekry het, en hom sommerso laat gaan het.

Indien wel, was dit sy gelukkige dag, en indien hy nie die ruitbrekende dief was nie, ook so omdat hy rustig verder kon slaap.

VWB-groete

Nag van Onheil

Met gereelde funksies by Centurion Stadsraad se Banketsaal, moes ek een aand daar diens doen. Ek het nie gekla nie omdat die alternatief, diens in 'n plakkerskamp wes van die dorp sou wees.

Omstreeks 22:00 bevind ek my toevallig in die beheerkamer waar ek hoor hoe 'n paniekbevange hulpkreet oor die radio uitgebasuin word.

"Sierra Kilo, Sierra Delta 28, kom in asseblief!"

"Sierra Kilo, send, send, send."

Wat die doel van die herhalende antwoord was, weet ek tot nou nog nie.

"Sierra Kilo, hulle het ons kantoor omsingel en dreig om ons hierbinne te hou en die plek af te brand!"

"Eh... Repit yoh message."

Nee wragtig! Hierdie is 'n saak van lewe en dood en sò gaan dit nie werk nie. Ek gryp die handstuk uit die beampte se klou en antwoord: "Frans, boodskap ontvang. Ons stuur bystand. Getalle? Sierra Kilo, uit."

"Sierra Kilo, ek skat so honderd. Sierra Delta 28 uit."

Ek bel die afdelingshoof wakker om hom in te lig van die situasie. Gelukkig bly hy net om die draai van die basis anders sou ons langer as die twintig minute moes wag wat ons uiteindelik vir hom gewag het. Die rede vir sy tydsaamheid is geopenbaar toe hy doodluiters met 'n koelsak uit sy bakkie klim.

"My vrou het gou vir julle toebroodjies gemaak."

Ai, dink ek, dis gaaf van die tante, maar hierdie is 'n noodsituasie.

"Kan ons gaan, Meneer?"

"Nee, jy is op kontrak aangestel en ek mag jou nie doelbewus in 'n gevaarlike situasie inneem nie."

"Meneer, ek het ook al talle nagskofte daar gewerk en ons almal weet dis gevaarlik."

"Jy is gretig nè! Hier, trek hierdie koeëlvaste baadjie aan."

Met nog bystandvoertuie wat intussen gearriveer het, trek ons weg na die onbekende. By die toneel aangekom is dit chaos. Daar word gesing en gedans met talle vure wat rondom die sinkhuisie wat as kantoor dien brand.

Die leier van die oproeriges stap ons tegemoet met 'n stuk of dertig dwalende siele om hom. Na ek die omgewing deeglik betrag het, kom ek tot die slotsom dat Frans verkeerd geskat het. Daar is nagenoeg driehonderd wesens in die malende massa rondom ons.

Skielik besef ek hoe Piet Retief en sy manne moes gevoel het in Dingaanstat. Ons is maar 'n skamele twintig man met die polisie skynbaar nog op pad. Daar word met die man gesels terwyl ek en 'n paar ander manne bietjie wyer wegbeweeg om die naderende massas te weerhou om die sirkel om ons te klein te maak. Een van ons beamptes het skynbaar 'n vroueslaner in die boud geskiet.

Te danke aan flink dinkwerk en 'n gladde tong deur ons hoof, word die situasie ontlont en die drie sekerheidsbeamptes uit die sinkhuis vrygelaat. Dit was die eerste van vele geleenthede in my lewe waar ek aksie sonder bloedvergieting sou beleef.

Daardie aand het my voorberei op situasies waarin ek heel moontlik kon seerkry of erger. Mens kan seker sê my sesde sintuig vir wakkerheid is daar tussen die rye sinkhuisies gebore.

Wakker-groete

Bibber Nagskof

Wanneer jy 'n sekerheidsbeampte by 'n groterige munisipaliteit is, is daar vele moontlikhede van waar jy tydens 'n nagskof geplaas kan word. Die slegste een hiervan is om die hele aand in 'n plakkerskamp te sit om die inwoners teen hulleself te beskerm.

Dan was daar die munisipale kantore, wat heel aangenaam was. As daar nie 'n funksie by die Banketsaal aan was nie, was jou enigste taak om die kantore toe te sluit en dan 'n gemaklike stoel in die beheerkamer te identifiseer vir die nag.

Nog 'n gedwonge opsie was om 'n verlate satelliet polisiestasie in Rooihuiskraal op te pas of 'n biblioteek nie te ver van daar af nie. Ek is egter een aand na die toetsgronde gestuur, maar dit was nie sommer enige aand nie. Dit was in die hartjie van die winter.

Daar aangekom met my Volkswagen Kewer, het ek die groot hek toegeskuif en gesluit. Op die tóé nog oop vlaktes, was my taak om te verseker dat niemand inbreek en die klomp rekenaars steel nie. Tensy daar iemand iewers in die donker geskuil het, was ek stoksielalleen op die groot terrein. Dit was daardie aand nie koud nie, dit was BRRR!

Gelukkig het ek 'n langbroek onder my uniformbroek aangehad; twee pare kouse; 'n T-hemp; sweetpaktop; langmou uniformhemp; trui; baadjie; 'n aapjas wat van regte hondekombers-materiaal gemaak was; 'n mussie op my kop; 'n serp oor my mond; dik handskoene op my kloue; en uiteindelik ook 'n kombers om as eerste lyn van verdediging teen die koue te dien.

Ek het gereken dat ek daardie nag te heerlik in my kewertjie gaan slaap, maar teen twee-uur die oggend het ek steeds wakker gesit. Elke keer wat ek wou wegraak, het die bewerasies van die koue my weer wakker gehad.

Vieruur het ek besef dat ek nie gaan slaap nie, waarop ek besluit het om uit te klim en die terrein in die donker te gaan verken. Dis tóé dat ek op die antwoord vir die koue afkom. Daar het 'n ry ligte voor die gebou gestaan. Hulle was kwalik hoër as my middellyf. Ek het na die eerste een gestap en my hande teen die lig gedruk. Dit was warm! Die ratte in my kop het stelselmatig begin werk tot ek 'n nuwe plan beraam het. Ek het die lig se omhulsel afgedraai en kon dadelik voel hoe die hitte teen my bene optrek.

Na sowat vyf minute in die heerlike hitte, het ek die aapjas - lees hondejas - uitgetrek. So het ek by die lig gestaan tot die son sy kop begin uitsteek en die ligte outomaties afgeskakel het. Met 'n skok moes ek agterkom dat dit toe reeds net voor sewe was. My nagskof was van ses tot ses.

Na 'n bitterkoue nag was die verligting van die lig, en nie soseer sy lig nie maar sy hitte, so enorm dat ek byna 'n uur onbetaalde oortyd gewerk het. Mens moet altyd iets uit elke situasie haal om jou kennis te verbreed. Wat ek hieruit gehaal het was eerstens dat ek nou geweet het waarom motte agter lig aanvlieg en tweedens dat ek tydens elke nagskof daarna die naaste lig opgesoek het.

Kkkoue gggroete

Mooiplaats

Op 'n sonnige Saterdagmôre daag ek vir wat ek gereken het 'n doodgewone dagskof sou wees, by die munisipale kantore op. Groot was my teleurstelling toe ek ingelig word dat ek en 'n paar ander beamptes twee persone van die behuisingsdepartement na die informele nedersetting te Mooiplaats moet vergesel.

Die plek was, en is vandag, jare later, 'n nes van wetteloosheid, vuilheid en onwettige immigrante. Die doel van die besoek was om die inwoners te gaan inlig dat die stadsraad vir hulle huise in Olievenhoutbosch sou bou en dat hulle daarheen sou moes trek. Hulle nedersetting was op private eiendom en daarom het die onus op die destydse Centurion Stadsraad berus om die plakkers te verskuif.

Uit vorige ondervinding het ek geweet dat die nuus nie goed ontvang sou word nie en dat die moontlikheid vir geweld baie groot was. 'n Verdere fatale fout was om die gedoente op 'n Saterdagoggend te hou. Enigiemand wat ondervinding het van informele nedersettings sal jou kan vertel dat die gesuipery Vrydag omstreeks twee-uur begin en ononderbroke voortduur tot Sondagnag om tienuur.

Ons het die terrein met twee bakkies betree, waarna ek, twee swart kollegas en die twee persone van die departement afgelaai is. Om onnodige wrywing te vermy, is die twee bakkies daar weg om iewers te gaan wag sou ons bystand benodig.

Ons het die nedersetting binnegestap met eers honderde nuuskierige oë wat elke beweging agterdogtig dophou, en na tien minute het dit aangegroei tot duisende oë. Ek het my op daardie oomblik ingedink hoe die dag moontlik gaan verloop.

Die welbespraakte man het met die skare voor hom begin gesels. Dit wat hulle nie verstaan het nie, is deur sy kollega vertolk. Dinge was relatief rustig totdat hy oor die skuiwery begin praat het. Die rede hiervoor is dat hulle huise soek daar waar hulle bly en nie wil trek nie.

'n Paar vroue het opgestaan en begin dans en sing terwyl ander die stoele en klippe waarop hulle gesit het opgetel het. Op daardie oomblik het ek baie beweging aan die kante van die skare opgemerk. Ek het agter my gekyk en gesien hoe die groepe aan die kante besig was om ons veiligste ontsnaproete - agtertoe - toe te maak.

Ek het aan die beampte langs my gesê dat hier moeilikheid is. Sy oë was met 'n wilde kyk gevul en ek het besef dat hy nie 'n woord gehoor het wat ek sê nie. Daarna is ek na die behuisingsman waar ek hom aan sy hemp gegryp en gesê het dat ons dadelik hier moet wegkom.

"Alles is onder beheer," antwoord hy my toe. Nou ja, ek weet hoe lyk onder beheer en hierdie het beslis nie so gelyk nie.

"Luister, dis my werk om jou veilig te hou. Ons moet dadelik gaan!"

"Nee wat, ons sal hulle nou kalmeer."

Sy getalm het veroorsaak dat die roete na agter heeltemal versper was. Ek het hom aan sy arm gegryp en geskree dat hy dadelik saam met my moet kom. Hy het botweg geweier en my aangesê om sy arm te los.

Daarna is ek met geen ander keuse gelaat as om myself daar uit te kry nie. Ek het my vuurwapen getrek om dit as slaanding te gebruik om my pad na veiligheid oop te slaan sou dit nodig wees - en dit was. Dit was 'n gemors gewees. Soos ek gehardloop het, het ek gesien hoe die ontvangers van my houe een vir een agteroor val. Met my heel voor, is die res van ons geselskap uiteindelik agterna. Laat ek tog net noem dat ek nie die een of ander super-vegter is nie, die skare se besopenheid het bygedra tot hulle lomp pogings om ons te probeer keer.

Toe ons buite bereik van die dronk warboel kom, het ek die twee bakkies oor die radio geroep om ons te kom haal. Hulle het egter self reeds onraad vermoed en die hasepad gekies. My twee kollegas het blou oë en bloedneuse gehad met die een wat nie meer sy hemp aangehad het nie. Ek was gelukkig, al wat my oorgekom het was 'n paar verlore knope aan my hemp. Die behuisingsmanne was ook gehawend, maar ek wou niks van hulle weet nie.

Nadat ek seker gemaak het almal is veilig en ver genoeg weg van die geraas, het ek begin huis toe stap. Ek het gelukkig net so vyf kilometer van daar af gewoon. Nog op pad besluit ek om by die halfpadmerk te gaan draai by my plaaslike watergat. Ek het sonder my beursie na die plakkerskamp gegaan vir bepaalde redes, maar was darem 'n bekende gesig daar en die eienaar het vir my 'n lekker sterk dop op die huis gegee.

Daarna is ek verder te voet huis toe. Ek het sommer myself vir die res van die dag afgeboek om fisies sowel as psigologies van die oggend se gebeure te herstel. Ek het eers later daardie dag iemand gevra om my na die kantoor te neem om my motor te gaan haal. Daarmee saam het ek dit ook duidelik gestel aan wie ook al wou luister dat hulle my nooit weer saam met die ouens van behuising iewers gaan instuur nie.

Dit was 'n baie onaangename uitstappie, maar dit was ook goed om te weet hoe ek in so situasie sou optree. Logiese denke en vreedsame gesprek-voering is iets wat meestal in Afrika-mentaliteit ontbreek. Ek het die donkerkant van hierdie mentaliteit telkens beleef, en deur God se ongekende genade, elke keer oorleef.

Verskuiwingsgroete

Suip en Dreig

Die eerste en laaste werksfunksie te Rooihuiskraal-terrein wat ek as sekerheidsbeampte by Centurion Stadsraad sou bywoon, het nie sonder drama afgeloop nie. Ek het geweet dat hierdie geleenthede met drank gepaardgaan en daarom het ek my vuurwapen by die huis gelos.

Die probleem was dat van my kollegas, en in besonder 'n hoogs onstabiele karakter met die van, Malatswane, altyd sy wapen by hom gehad het. Hy was reeds goed gesuip toe ek wou begin aanstaltes maak. By my volla aangekom merk ek hoe hy en 'n paar ander siele besig is om kaste vol bier in 'n motor se kattebak te laai.

"Hei! Wat maak julle?!"

Die ander was half skrikkerig, maar Malatswane het onmiddellik sy pistool getrek, gespan en op my gerig.

"Vandag, ek skiet jou vrek, Whiteboy!"

Ja, soveel vir nasiebou in die wonderlike reënboogland. Daar sal natuurlik mense wees wat sal sê dat wesens soos Malatswane die uitsondering op die reël is, maar glo my, daardie uitsondering het al tientalle kere my paadjie gekruis. As jy dae lank daar moes werk waar hulle woon, suip, vroue slaan en verkrag, mekaar met byle, bottels en kapmesse vermink en soveel rasgedrewe doodsdreigemente ontvang het soos ek al het, sal jy amper verstaan. Tog was ek altyd beskaafd en beleefd teenoor die onskuldiges. Hier het ek die volgende gesegde eerstehands ervaar: Gee die pinkie en hy gryp jou hele hand.

Julle sien, ek het al my lewe op die spel geplaas om hom en sy kollegas teen 'n oproerige skare te beskerm - ek kon onttrek. Ek het hom gereeld na werk by sy huis gaan aflaai - ek kon hom laat loop. Ek was altyd vriendelik en beskaafd teenoor hom - ek kon 'n suurpruim wees. Hierin is 'n baie belangrike les. Afrika het net minagting vir die goedhartige persoon. Dit word as swakheid gesien, en dit sal deur agt uit tien ontvangers van goedhartigheid begroet word met aggressie en disrespek. In hierdie geval, was die straf byna my dood.

Sy daad het my nie bang gemaak nie, dit het my kwaad gemaak, en as ek kwaad raak is my denke kristalhelder. Ek stap doodluiters tot teen sy pistool en sê: "Skiet my, jou blikemmer, want as jy my nie nou vrekskiet nie, is jou kans verby."

Ek het hom stip in die oë gekyk, en toe sy bewegings haarfyn dopgehou. Ek was immers nie werklik van plan om op hierdie wyse die lewe vaarwel te roep nie. Sy vinger het om die sneller gekrul, sy hand was bewerig en ek kon sien hoe die sweet op sy voorkop uitslaan. Sy maats het hom gewaarsku om eerder sy wapen te bêre waarop hy hulle gevloek en geskel het.

Na 'n paar sekondes wat soos 'n ewigheid gevoel het, het hy sy hand laat sak en die pistool teruggesit in die sakkie aan sy gordel.

"Ek hou van 'n regverdige geveg. Wag hier dat ek gou my wapen gaan haal," sê ek terwyl die bloed warm deur my are vloei. Terugskouend kon ek hom seker geblaai het, maar ek was een en die ooggetuies 'n paar.

"Nee, los hom by die huis. Nou ek gaan ry."

Daardie ding sou nooit weer 'n woord met my wissel nie. Trouens, hy het my sover moontlik probeer vermy. Ek het die aangeleentheid nooit aan iemand gerapporteer nie omdat ek die stelsel goed genoeg verstaan het. Die slimkoppe sou my aspris saam met hierdie vabond gepos het sodat ons hopelik maatjies sou word. Die ding is, as ek met die dood gedreig is en selfs 'n vuurwapen op my gerig gehad het, en ek dan gedwing word om saam met so skepsel te werk, sou die volgende gebeurtenis iemand se begrafnis wees.

Te naby groete

Die Volla

Die ou Volkswagen Kewer wat ek destyds gery het, het vir talle avonture gesorg.

Mense kan vir my sê net wat hulle wil, maar daardie motortjie het 'n persoonlikheid van sy eie gehad.

Jy sal nog besig wees om so in die nag te ry dan skakel die ligte sommer vanself af. Moet ook nie dink dat geweld die antwoord was nie, jy kon daardie ding klap, slaan en skop soos jy wil, die ligte sal nie weer aangaan nie. Wanneer jy dan uiteindelik tot daardie besef kom en die stuurwiel sagkens streel, sou hulle weer helder begin skyn. Wel, so helder soos 'n volla se ligte kan skyn.

'n Vriendelike woordjie of selfs 'n kompliment, sou meeste klein haakplekke sommer vinnig uitstryk.

Die dag toe ek agterkom dat die koppelaarkabel gebreek het en so ruk en stik huis toe moes ry, was natuurlik 'n ander storie. Dan help niks behalwe sukkel nie. So ry ek eendag na die munisipale kantore om aan te meld vir nagskof. Die reën het liggies uitgesak wat ons gedwing het om onder een van die afdakke parade te staan.

Ek was nie juis lief daarvoor, om waar ek ook al uitgeplaas word vir die nag, soos 'n skaap agter in 'n bakkie te klim sodat ek daar afgelaai kan word nie. Dit was buitendien vir my makliker om van daar af sommer direk huis toe te ry na ek my nagtelike pligte voltooi het.

Ek word toe tot my groot vreugde by 'n gebou in Rooihuiskraal geplaas wat voorheen as satelliet-polisiestasie gedien het. My enigste taak was om daar te wees vir ingeval iemand die plek as lêplek wil gebruik. Dit was veel beter om 'n nagskof daar deur te bring as in 'n rumoerige plakkerskamp. Na afloop van die parade gaan haal ek 'n volgelaaide handradio, groet wie ek wou groet en klim in my volla.

Die rit vanaf Lyttelton na Rooihuiskraal is seker nie veel verder as twaalf-kilometer nie, maar na twee van daardie kilometers besluit die spookagtige karretjie om my 'n lelike nat streep te trek. Sonder enige vooraf waarskuwing, hou die ruitveërs op met werk. Ek praat mooi met die gedroggie en beloof om hom 'n ordentlike was te gee sodra ek klaar is met die nagskof, maar sy ore was duidelik aspris toegedruk.

Die liewe Vader het toe ook op daardie oomblik besluit om sy sin vir humor met my te deel deur die reën kliphard te laat uitsak. Omdat die volla se voorruit boonop reguit afloop en nie met 'n helling nie, was dit so te sê onmoontlik om te sien waar ek ry. Ek kon seker afgetrek en gewag het vir die reën om te bedaar, maar besluit toe op opsie nommer twee. Ek draai die venster af en steek my kop deur die oop, nat gat uit om te sien waar ek ry.

Daar ry ek toe so met my uitgesteekte kop, en om eerlik te wees, 'n deel van my bolyf ook, na waar ek moet wees. Die motortjie was net geparkeer toe die reën eensklaps ophou. Ek wonder toe of die reën op daardie tydstip sou ophou as ek langs die pad afgetrek het, maar ek glo eerlikwaar nie so nie.

Sommer vir die grap skakel ek die ruitveërs aan en daar werk hulle weer! Hierdie aksie is seker twintig keer op pad na my bestemming uitgevoer sonder enige reaksie van die veegoeters. Daar sit ek toe agter die groot toonbank met my nat kop, nat hemp en nat gemoed.

Ja, daardie volla het beslis 'n kop van sy eie gehad wat my met 'n nat kop in die koue gelaat het.

Doelbewus asprisgroete

Vreemd!

Ek en Danie was die een aand by 'n klein geboutjie geplaas om die plek op te pas. Nou kyk, ou Danie was 'n baie skrikkerige outjie gewees - veral as ons nagskof gewerk het. Dis dalk hoekom hy nooit alleen iewers geplaas is nie, want ek het daardie plek gewoonlik alleen opgepas.

So tweehonderd meter van daar af, langs 'n oop stuk veld, was daar 'n paar betaaltelefone. Dit was net voor agt die aand toe Danie aangestorm kom. "Kom kyk! Daar is iets by die fone!"

Ek het moeisaam opgestaan en geantwoord: "Iets soos wat? Dis seker iemand wat gaan bel het."

"Nee! Dit was iets anders! Hy het eers op twee bene geloop en toe skielik handeviervoet in die veld ingehardloop!"

So mal soos 'n blerrie haas, het ek by myself gedink. Maar ek het ook geweet dat daar nie rus vir my siel sal wees totdat ek nie self gaan kyk nie.

Ek sê toe vir Danie om daar te bly terwyl ek gaan ondersoek instel. As hy my hoor skree, moet hy dadelik die basis in kennis stel. So stap ek toe die donker in met my radio, rewolwer aan my sy, flits en knuppel.

Toe hy my nie meer kon sien nie, haal ek gou my selfoon uit en bel die radio-operateur by die basis. Ek verwittig hom van wat gaande is, maar belangriker nog, van my plan om vir Danie behoorlik skrik te maak. As alles verloop soos dit moet, gaan Danie die basis in 'n toestand van paniek roep waarop die operateur bloot moet maak asof hy hom nie kan opvang nie.

Terwyl ek daar in die donker rondploeter om die spanning te laat oplaai, hoor ek skielik iets wat klink asof dit oor die droë veldgras nader sluip. Ek het my flitslig in daardie rigting laat skyn, en as ek nou eerlik moet wees, was ek ook effens senuagtig. Ek kon egter niks vreemd sien nie en besluit toe om voort te gaan met my plan.

Na sowat tien minute hoor ek hoe Danie na my roep: "Leon! Leon! Is jy nog daar in die veld?!"

Ek het hom geïgnoreer met die wete dat hy hopeloos te bang is om na my te kom soek.

Na nog twee minute en met die wete dat die arme ou besig is om in sy skoene te bewe, skree ek: "Nee! Los my!"

Net daarna hoor ek hoe Danie angsbevange oor die radio roep. "Sierra Kilo! Romeo Pappa! Hier is moeilikheid! Stuur hulp!"

"Sierra Kilo stuur."

"Sierra Kilo. Romeo Pappa. Hier is probleme. Stuur iemand!"

En toe is dit stil. Ek gaan sit op my hurke en wag vir Danie. Maar ek het eintlik geweet dat die swernoot nie na my sal kom soek nie. Hy het toe nog so paar keer geroep sonder sukses.

Ek was teen daardie tyd al redelik verveeld en besluit toe om terug te beweeg na die gebou. By die telefone aangekom, val ek byna op my rug toe ek sien Danie staan langs die fone. Ek kon nie glo dat hy alleen tot daar geloop het nie. Ek sal nooit weet of hy tot in die veld sou stap nie, maar ten minste het hy nie in sy kar gespring en weggejaag nie.

Toe hy my sien vra hy dadelik: ”Wat het gebeur?”

“Wat gebeur het is dat jy goed sien wat nie hier is nie en toe gee ek jou ’n regte rede om bekommerd en bang te wees.”

Hy het vir ’n week nie ’n woord met my gepraat nie. Die arme siel was, wel, sielsongelukkig oor my bangmaaktoertjie. Want sien, hy het steeds vas geglo dat hy iets vreemd gesien het. En wie weet? Dalk was hy reg. Ek meen, ek het mos ook iets daar in die donker gehoor, maar dit het ek nooit vir hom gesê nie.

Bang-groete

Interstad Toernooi

Daar was destyds 'n groot samekoms van 'n klomp stadsrade wat in verskeie sportsoorte teen mekaar te staan gekom het.

Ek het aan die proewe gaan deelneem vir die raakrugbyspan. Tydens hierdie proewe ontvang ek die bal op die halflyn en sny soos 'n warm mes deur half gesmelte botter tussen twee manne deur, versnel en hol so vinnig as wat my kort beentjies my kan dra na die doellyn.

Op 'n stadium kyk ek om en sien 'n perd wat met sy lang bene een reuse tree gee vir elke twee kortes wat ek gee. Toe ek op die kwartlyn is besef ek dat hy my gaan vang en pas ek my ratsheid as laaste verweer toe deur heen en weer na regs en links te swenk tot by die doellyn.

Hierdie stukkie spel het vir my 'n plek in Centurion Stadsraad se span verseker. Wat ratsheid en spoed oor 'n kort afstand betref was ek die geheime wapen. Na 'n paar oefeninge sit ons twee weke later in die bus op pad na Kemptonpark vir die groot dag.

Ons eerste twee wedstryde het perfek afgeloop. Namate ons die drieë ingeryg het, het my selfvertroue ook gestyg. Soveel so dat ek in daardie twee wedstryde 'n stuk of tien drieë gedruk het. My klein lyfie het deurgaans die groter manne na lug laat gryp soos ek geswenk, gebuk en gesnol het. Dit was na afloop van hierdie wedstryde ook duidelik hoekom mens altyd grappe hoor van Brakpanners en Boksburgers. Ek het op 'n stadium gewonder of ons nie duikrugby speel nie.

Een van my skielike bukke was juis as gevolg van 'n swaaiende arm met 'n groot gebalde vuis op die voorpunt, mooi gemik op my neus. Gelukkig het my vinnige reaksievermoë my van 'n bloedneus en dalk selfs onthoofding gered. Na een van my drieë is hierdie Godgegewe talent weer suksesvol toegepas toe ek die bal agter die lyn plant en instinktief uitswenk om wat 'n genadelose duikslag soos dié van 'n seekoei sou wees, te ontglip. Dit was duidelik dat hierdie kraaie my geteiken het met onwettige taktieke omdat hulle te stadig en lomp was om my te keer.

Ons het ongelukkig die derde wedstryd verloor teen 'n span wat uit sewe spelers bestaan het wat almal kleinerig, rats en vinnig was. Hier kon ek ook 'n paar keer agter die doellyn gaan kuier, maar op verdediging was ons span in sy geheel te groot en lomp om al die gate toe te stop. Ek het myself simpel gehardloop agter hierdie ouens aan nadat hulle deur die lyn gebreek het, maar om ratse wesens met dodelike balhantering te keer was byna onmoontlik.

Ek was nog nooit gek daaroor om te verloor nie, maar op daardie dag het ek en my span dit soos manne gevat. Ons is deur 'n baie goeie span uitgeskakel.

Terugskouend was my grootste prestasie daardie dag nie die klomp drieë wat ek vir die span gedruk het nie, maar die feit dat ek fisies ongeskonde weer huis toe is.

Rugbygroete

Die Honde-Eenheid

As sekerheidsbeampte was ek meestal op plekke gestasioneer waar ek in eensaamheid 'n oog moes hou oor 'n munisipale gebou of 'n spookagtige winkelsentrum.

Ander kere is ek by die diepkant ingegooi in die plaaslike lokasies. Hier sou ek dan ook baie leer van oorlewing onder haglike omstandighede, oë in my agterkop kry en 'n vlymskerp sesde sintuig ontwikkel.

So kort soos my beentjies was en steeds is, kon hulle lekker vinnig hardloop as hulle moes. Dit was om hierdie rede dat verskeie van die ander eenhede my sou kom oplaai om hulle te gaan help jag vir sluipslapers, bouers van nuwe wooneenhede wat rusverstoring klagtes veroorsaak het en grypdiewe by verkeersligte. Ek het nog nooit 'n wegholler laat wegkom nie. Die mengsel van avontuurlustige jeugdigheid en adrenalien het my bene in vuurpyle laat verander.

Op 'n dag stop 'n paar manne van die honde-eenheid by my en vra of ek hulle sal gaan bystaan met 'n vertoning by 'n kinderhuis. Hoewel ek tóé nog kinderloos was, het ek reeds 'n sagte plek in my hart gehad vir kinders, en veral vir kinders wat hulle lewe met 'n agterstand begin. Sonder om te vra wat presies van my verwag word, stem ek in om hulle te gaan help. By die kinderhuis aangekom laai die een siel 'n dik sponsagtige arm uit die kattebak.

"Hier, trek dit aan. As jy presies maak soos ek sê, sal die honde jou nie seermaak nie."

"Nie seermaak nie?! Wat moet ek doen?"

"Goed, jy gaan met 'n stok op die grond slaan om die honde kwaad te maak. Daarna moet jy hardloop, maar onthou, hulle is vinniger as jy."

Vreesbevange kyk ek rond en sien 'n stuk of veertig kinders wat met groot oë na my staar. Ek is nou hier en ek moet maar doen wat van my verwag word.

"Maar wag net, waar is die res van die pak? Hoe moet ek drie honde keer met net een arm?"

"Die honde sal instinktief gaan vir die arm as jy hom vooruit stoot. So jy hardloop so vinnig as jy kan, maar kyk gereeld terug om te sien hoe naby die honde aan jou is. Wanneer hulle naby genoeg is om jou te byt swaai jy om en stoot jou arm uit na hulle. Hulle gaan jou met 'n slag tref, so as jy dalk omval maak net seker die arm is tussen jou en hulle bekke."

Ek was 'n senuwrak. Die gedagte om dalk vir die aanvallers weg te hardloop is in die kiem gesmoor toe ek sien dat die oop stuk waarop ek moet hardloop omtrent 600-meter ver is. Daar is nie 'n manier waarop ek oor daardie afstand vir drie bloeddorstige honde gaan weghol nie.

Toe vat ek maar die stok en begin met die uitlokking om hulle kwaad te maak. Die twee Rottweilers en een Duitse Herdershond se bekke skuim. Hulle soek my bloed! Ek smyt die stok neer en begin onder luide toejuiging van die kinderkoor om weg te hardloop. Ek kyk vinnig om en sien hoe die jagters losgelaat word. My hart bons en my lewe flits voor my oë verby.

Hulle is baie vinniger as ek! Weer kyk ek om. Die gaping krimp nou vinnig. Twintig; vyftien; tien; vyf meter! Ek swaai blitsvinnig om en steek my arm uit. Hulle spring gelyktydig en drie stelle tande tref my arm. Ek fokus daarop om staande te bly terwyl ek en hulle stoei oor 'n been, wel, in hierdie geval 'n arm - myne!

Uiteindelik arriveer hulle base en word die aanvallers teruggeroep. Die ligpunt was om daardie kinders se uitbundige laggery te hoor.

Dit was die eerste en laaste keer dat ek aan so vertoning sou deelneem. Tot vandag toe nog onthou ek daardie gevoel van drie aggressiewe brakke wat my jaag. Hoe ouer ek word, hoe erger voel dit. Ek dink nie dit was in my jonger dae vir my so erg nie. Dis nou een van daardie dinge wat mense vir mekaar laat sê: "As ek so terugkyk op my lewe, moes ek nie vandag nog hier gewees het nie. Ja, ek is dalk effe dramaties, maar sjoe! Dit was verseker 'n avontuur!

Stadiger as honde groete

Die Nag op Renosterspruit

Wat hier volg is so waar en akkuraat as wat ek die gebeure van daardie vreemde nag baie jare gelede kan onthou.

Dit was verkiesingstyd en oraloor het daar weermag-tente soos paddastoele opgespring waar gestem kon word. Buiten die gewone plekke wat ons as sekuriteitsbeamptes vir die stadsraad moes beman, is ons ook gevra om van hierdie tente op buiteposte snags op te pas.

Die plek waarheen ek en my kollega, Danie, die een aand gestuur is, was ver buite ons wyk. Ons is verby Lanseria Lughawe en draai toe links van die pad af in by 'n ou winkelsentrum. Die plek se naam was en is seker steeds, Rhenosterspruit.(Ja, met die 'h')

Omdat die plek redelik afgeleë was het ons vooraf met twee ander beamptes, Bennie en Klippies, gereël om uurliks aan hulle te rapporteer waarna hulle ons boodskap aan die basis sou herlei. Hulle was by 'n reservoir op 'n koppie gestasioneer wat radiokommunikasie moontlik gemaak het.

Dit was reeds skemer toe ons daar aankom en ons wou eers die terrein bespeur in die laaste bietjie lig van die dag. Die weermagtent het op 'n hoogtetjie gestaan so ent van die eintlike winkelsentrum af.

Soos ek en Danie naderstap sien ons een of twee petrolpompe wat lyk of dit jare laas gebruik was. Ons stap in stilte verder na die sentrum wat bestaan uit 'n paar winkeltjies met glas skuifdeure aan die voorkant.

My oog vang op daardie oomblik 'n beweging net links van ons en toe ek omswaai in daardie rigting, gewaar ek 'n ou swartman wat, asof hy 'n soutpilaar is, na ons staan en kyk.

"Goeienaand! Werk jy hier?"

My vraag word nie beantwoord nie en toe ek in sy rigting begin stap, draai hy doodluiters om en verdwyn om die hoek van die ou gebou. Ek was kwalik tien sekondes ná hom om dieselfde hoek, maar hy het spoorloos verdwyn. Al wat ek kon sien was 'n oop stuk veld wat uiteindelik teen 'n steil koppie agter die sentrum oploop.

Waarheen hy so skielik verdwyn het weet nugter alleen. Na ek seker gemaak het die terrein is skoon en veilig agter die winkelsentrum, is ek terug na waar Danie met groot oë voor een van die winkels staan.

"En nou? Waarna kyk jy?"

My vraag was oorbodig want toe ek kyk waarna hy kyk, besef ek eers hoekom hy so gestaan en staar het. Dit was 'n slaghuis met 'n paar varke wat onderstebo aan vleishake gehang het. Nie een van ons was juis vleiskenners nie, maar dit het gelyk of hulle al 'n hele ruk daar hang. Ons draai toe om en maak aanstaltes na die volgende venster. Dit was 'n eiendomsagentskap. Die ligte het gebrand en ons kon alles daarbinne mooi duidelik sien. Daar was 'n stoel met 'n baadjie daaroor gedrapeer. Op die tafels het 'n klomp papiere deurmekaar gelê. Alles was bedek met 'n dik laag stof. Dit was duidelik dat daar dae laas iemand daarbinne was.

Met vreemde gedagtes wat teen hierdie tyd in ons albei se koppe rondgehol het, stap ons verder. Op die punt van die sentrum tref ons 'n kuierplek aan. Seker meer van 'n watergat as 'n kuierplek. Die deur het wawyd oopgestaan en dit was donker binne. Met die nag wat besig was om vinnig op ons toe te sak begin ons versigtig na binne beweeg. Dit was baie donker in die kroeg en ons flitse het skielik baie handig te pas gekom. Soos ons die plek begin verlig, tref ons die vreemdste toneel denkbaar aan.

Die stoele lê die hele plek vol, daar staan leë bierbottels op die kroeg en 'n tafel wat nog nie afgedek is nie. Die feit dat die plek oopgestaan het is een ding, maar wat op dees aarde het die arme plekkie oorgekom?

Skrikkerig en baie agterdogtig is ons daar uit en stap vinnig terug na Danie se motor. Ons het nie veel gepraat nie, woorde was onnodig, maar ek is seker ons het dieselfde gedagtes gehad.

Ek neem die handradio, "Sierra Delta 36 kom in vir Sierra Delta 43."

"Sierra Delta 36 stuur jou mike."

"Bennie, hierdie is 'n flippen vreemde plek. Julle manne moenie vanaand slaap nie. As iets gebeur gaan ons julle laatweet. Uit."

Met die lag duidelik hoorbaar antwoord hy terug: "Dis reg. Julle moenie skrik vir alles wat beweeg nie, gehoor?"

Ek plaas die radio weer terug op my broekgordel terwyl Danie sy kar nader aan die tent trek. Hy het pas uitgeklim of ons hoor 'n motor wat in die stilte van die nag stadig verby die sentrum ry.

Vinnig draf ons na die teerpad, maar sien niks nie. Dit was eers toe ons mooi kyk met skrefies oë dat ons 'n wit motor gewaar. Hy was nie op die teerpad nie, maar op 'n grondpad aan die anderkant van die hoofpad. Ons kon uitmaak hoe vier mans uit die motor klim, hulle was doodstil en het nie 'n enkele woord met mekaar gepraat nie. Van daar af het elkeen in sy eie rigting in verdwyn en die motor het stadigaan begin wegry.

Met ons aandag op die verdagte gebeure voor ons gevestig, hoor ons skielik iets soos 'n harde hou op 'n leë staaldrom. Ek en Danie swaai blitsig om en sien toe weer die ou swartman van vroeër. Hy staan langs die petrolpomp en kyk na ons.

Hierdie keer draf ons albei in sy rigting terwyl hy weer omdraai en in die rigting van die kroeg begin stap. Daar gaan sit hy op 'n leë bierkrat en kyk ons met lewelose oë aan. Ons gaan staan reg voor hom en Danie vra: "Werk jy hier? Hierdie winkels, hulle is nog oop by die dag?"

Of die ou doof is weet ek nie, maar hy het ons woordeloos aangegluur. Na 'n rukkie kom ons tot die besef dat ons geen antwoorde uit hom gaan kry nie en stap terug na die motor. Ons besluit toe maar om in te klim en radio te luister.

Dit was omstreeks elfuur toe ek en ou Danie direk na ons uurlikse rapport gelyktydig begin wegsluimer. Ek pak die skuld hiervoor direk op radiostasies wat rustige musiek speel om hulle luisteraars lekkerder te laat slaap. Hoekom dink hulle nie ook maar aan ons arme klomp drommels wat nagskof moet werk nie?

Halfpad tussen wakker en slaap word ons letterlik wakkergeskud deur 'n rukbeweging aan die kar. Dit het gevoel of iemand op die kattebak op en af gespring het. Ons spring uit met Danie wat van sy kant af, en ek van my kant af agterom die voertuig hardloop.

Die motor was doelbewus sowat vyftien meter van enigiets af geparkeer. Daar was niks nie! Ek en Danie staan toe daar in die donker en kyk vir mekaar. Die stilte word onderbreek toe hy sê: "Dalk was dit die wind."

"Danie, kan jy die wind voel?"

Ek kon sien hoe sy blas vel effens ligter word toe hy antwoord: "Nee, daar is glad nie 'n windjie wat waai nie."

Ons besluit toe net daar en dan dat ons nie op dieselfde tyd gaan slaap nie. Ons sou beurte maak. Dit het egter nie gebeur nie aangesien ons albei die res van die nag wawyd wakker was. Met Danie wat by die motor agterbly, gaan stap ek weer 'n draai en kom by die leë krat uit waarop die vreemde ou swartman vroeër gesit het. Ek gaan maak myself tuis op die einste krat en steek 'n sigaret aan.

Terwyl ek nog daar sit in 'n poging om my gedagtes agtermekaar te kry, hoor ek hoe Danie my angsbevange oor die radio roep.

"Leon! Waar is jy?! Kom dadelik kar toe!"

Ek spring op en hardloop so vinnig as wat my kort beentjies my kan dra in die donker terug na die motor. Daar aangekom tref ek vir Danie langs die tent aan.

"Kyk! Die stoele in die tent is almal omgegooi!"

Dit was beslis nie hoe hulle was met ons aankoms nie. Ek was oortuig daarvan dat iemand besig was om met ons te mors. Maar wie en hoekom? Met my rug na die winkelsentrum gekeer, sien ek hoe Danie oor my skouer kyk na iets agter my. Ek swaai om en gewaar dieselfde ou spookagtige swartman waar hy op sy krat sit en rook.

"Nee hel! Genoeg is genoeg! Kom ons gaan haal die antwoorde by hom!"

Nog op pad in sy rigting, staan hy op en stap rustig by die kroeg in. Versigtig is ons agterna, maar daar is geen teken van die man nie. Die plek is steeds donker en morsdoodstil. Ons gewaar toe 'n agterdeur, strompel tussen die stoele op die vloer deur en gaan dan na buite. Al wat ons kon sien was die silhoeëtte van die koppie agter die sentrum. Die vreemde kreatuur het weereens spoorloos verdwyn. Ons is weer terug na die kar waar ons die gebeure aan Bennie en Klippies gerapporteer het. Dit was teen daardie tyd reeds vroeg in die môre en ons het met groot afwagting op die son gewag.

Hoewel ons tot sesuur aan diens was, het ons met eerste lig net na vyfuur in die pad geval. Hierdie vreemde plek met sy vreemde gebeure wou ek nooit weer sien nie. Danie het my by die huis afgelaai waarna hy self ook huiswaarts is.

Later daardie dag meld ons weer aan vir nagskof. Danie roep my eenkant toe en begin vertel: "Ek het my pa van laasnag se gebeure by Rhenosterspruit vertel. Hy was mos destyds 'n speurder in die polisie. Volgens hom was daar dertig jaar gelede blykbaar 'n bylmoordenaar in daardie omgewing doenig."

"Ag, Danie! Jou pa praat jou net bang man!"

"Ja, dalk, maar dalk nie. Hy sê hulle het nooit die moordenaar gevang nie."

Hoewel my gesig gewys het dat ek hierdie storie nie koop nie, het my versteekte gedagtes tog gewonder of daar dalk bietjie waarheid in steek. Wat werklik daardie aand gebeur het, sal ek nooit weet nie. Wie het aan die motor geruk? Wie of wat was daardie ou swartman? Het die motor met sy vier passasiers iets met die hele storie te doen gehad? Wie het die stoele in die tent omgegooi? Hoekom het die eiendomsagentskap se ligte gebrand as dit duidelik was dat die plek reeds etlike dae leeggestaan het? Wat is die eintlike storie agter Rhenosterspruit se ou vervalle winkelsentrum?

Omdat ek uiteindelik drie fiksieboeke onder die naam 'Renosterspruit,' wat nou as omnibus beskikbaar is, geskryf het oor Rhenosterspruit met daardie nag se gebeure as wegspringplek daarvoor, besluit ek onlangs om my vrese vir die plek te oorkom en my vrou en kinders te gaan wys waar die boeke hulle oorsprong het. Buiten die koppie agter die winkelsentrum, die teerpad wat daarheen lei en die grondpad langs die teerpad, het byna alles aldaar verander. Daar was geen teken van die ou vervalle winkelsentrum nie. In sy plek staan daar nou 'n nuwe sentrum met 'n splinternuwe vulstasie en spoggerige klein winkeltjies.

Ek het redelik simpel gevoel omdat ek op pad daarheen 'n prent geskets het van 'n spookagtige ou plekkie. Met die kinders wat gou 'n draai gaan loop het, besluit ek om agterom die nuwe sentrum te stap. Ek weet nie wat ek daar wou sien nie, dalk 'n bevestiging dat ek en Danie nie mal was nie en dat daar werklik vreemde dinge daar plaasgevind het. Al wat ek kon sien was die spookagtige koppie wat net soos al daardie jare gelede in stilte staan. Ons het koeldrank gekoop en so met die terugstap na die motor, stop ek, draai in die rigting waar die deurmekaar kroeg destyds was en sien in my geestesoog daardie ou swarte wat op sy krat sit en kyk na ons.

Die plek het duidelik 'n blywende indruk op my gemaak en nou kan dit 'n blywende indruk op elkeen maak wat die Renosterspruitreeks aanskaf.

So? Wie wil saam met my kom kuier in Renosterspruit?

Spookskool

Seker nie regtig nie, maar voel alle leë skoolgeboue nie soos spookskole nie?

Een aand verrig ek en ou Bennie nagdiens by 'n groot hoërskool wat as stempunt vir 'n verkiesing dien.

Kyk, die nag by Renosterspruit rondom dieselfde tyd was veel erger, tog het hierdie aand ook sy deel van spookagtigheid gehad.

In elk geval, daar sit ek en Bennie en praat sommer tjol toe ons 'n deur hoor toeslaan. Ja, daar was 'n windjie, maar waar was die oop deur wat so gewelddadig toeslaan? Ons het reeds met ons aankoms deur die hele plek gestap en daar was beslis nie enige oop deure nie. Daar is besluit om te doen waarvoor ons betaal word en gaan stel toe ondersoek in.

Soos ons verby die klaskamers stap voel ons aan die deure om vas te stel of hulle gesluit is. Daar was op daardie hele skoolterrein nie een enkele ongeslote deur nie. Waar die toe-klappende deur was, bly tot vandag nog 'n raaisel.

Die naggeluide het ons gereeld laat opspring. 'n Verdwaalde duif wat koer terwyl hy moet slaap. Die groot Kareeboom se takke wat met die minste aanmoediging van 'n windjie teen die venster van 'n klaskamer krap. 'n Orige kat wat op die sinkdak rondtrippel. Ja, al hierdie dinge het vir 'n onheilspellende nag gesorg.

Tot vandag toe nog kry ek rillings wanneer ek verby die spesifieke skool ry. Of daar werklik iets soos spoke is, is 'n gesprek vir 'n ander dag, maar wat wel bevestig is as werklik, is die kombinasie van vreemde geluide en die mens se verbeelding. Dis 'n giftige kombinasie!

Spokerige groete

Jy Hol Lekker!

Nadat ek by die stadsraad bedank het, het die geleentheid homself voorgedoen om by 'n groot kontant-in-transito maatskappy te gaan werk. Dis bietjie agtergrond.

Laat ek begin deur die opskrif op te klaar. Die "hol" waarna hier verwys word is hardloop. Na 'n intense fisiese opleidingsessie by die transito-maatskappy, besluit die instrukteur dat hy ons wil wys hoe vinnig hy kan hardloop.

Die geheim is natuurlik dat ons teen daardie tyd al kaste toe gehardloop was. Ons tree toe aan op die paadjie wat na die hoofhek loop. Dis 'n ongenaakbare stukkie opdraande en na die marteling waardeur ons pas is, glad nie maklik nie.

Die uitdaging word gerig: "Kom ons kyk of julle met my kan bybly. Ons hardloop op na die hek en dan weer terug, maar luister mooi! Ons hárdloop! As julle gaan draf doen ons dit weer."

Ek was op daardie stadium nog lief vir sulke uitdagings. Dis die tipe goed wat my kort beentjies met nuwe durf en daad vul.

"Gaan!"

My bene word in rat gesit en daar trek ons. Eers trek ek onder my moeë kollegas uit en toe ek agterkom die instrukteur is reg langs my, skakel ek oor na my bomenslike rat.

By die hek gee ek die ding - die hek, nie die instrukteur nie – 'n klap en swaai om vir die pad terug. Dis 'n geswenk en 'n gesystap om deur die aankomende verkeer te kom, maar met die instrukteur kort op my hakke is daar nie tyd vir slaplê nie. My moeg word deur pure deursettingsvermoë vervang en ek merk hoe die gaping tussen my en hom skielik teen 'n goeie pas vergroot.

By die eindpunt staan ek al met my hande op my knieë toe eers hy en toe die res stuk-stuk arriveer. Uitasem asof hy al die hele dag saam met ons rondgehol het kom staan hy langs my. Ek hoor hoe hy blaas en sien hoe sy hande moedeloos afsak na sy knieë.

"Jy hol lekker!"

Net so uitasem antwoord ek: "Dankie. Daar is niks soos 'n bietjie gesonde aansporing nie."

Nodeloos om te sê het hy nie weer saam met ons gehardloop nie.

Uitasem groete

Die Noord-Kapenaar

Ek kan nie onthou waar ou Jaco presies vandaan gekom het nie, maar wel dat hy van iewers in die Noord-Kaap afkomstig was. Hoe die stomme siel sy weg gevind het na 'n kontant-in-transito maatskappy in Midrand, sal seker altyd 'n raaisel bly.

Ou Jaco was een van die manne wat saam met my daar begin werk het. Hy het sy opleiding suksesvol voltooi, maar nie sonder 'n voorval of twee waar die res van die kêrels sy siel uitgetrek het nie. Die mens is mos maar so, en 'n klomp jongelinge van Pretoria-Wes nog erger.

Die arme ou se sterk karoo-aksent was vir die manne een te veel. Daarby het dit gelyk of sy tande aanmekaar vasgeplak was. Iemand het juis die een dag gevra hoe ons dink Jaco eet want sy bo- en ondertande was altyd styf op mekaar. Die naaste wat jy daai ou aan lag kon kry, was 'n skamerige glimlag - sonder tande.

'n Paar kattekwaters sou gereeld iets van Jaco wegsteek om sy skreeusnaakse reaksies en sêgoed te geniet. Hy was 'n welopgevoede jongman wat, wel, byna nooit kru taal oor sy lippe sou stuur nie. Hier sou hy egter vinnig leer dat kragwoorde die enigste taal is wat sommiges verstaan.

Op 'n dag na ons die teoretiese gedeelte van die opleiding voltooi het, moes ons ons drafklere gaan aantrek. Ek merk toe dat die spul stoutgatte in die badkamer staan en giggel, wagtend op iets. Ek het nie geweet wat nie, maar dit was duidelik dat hulle weer besig was met streke. Jaco stap op sy kenmerkende rustige wyse in, eintlik baie ken-merkend want niks het hierdie perd gejaag nie, hy het alles drie keer stadiger as die res van ons gedoen - maak sy sluitkassie oop en begin deur sy goed krap. Hy haal 'n tekkie uit die kassie, kyk weer binne-in en draai toe om na die res van ons en sê droog en emosieloos: "Noe wátter móér hiet noe wier my dônnerse têkkie gevat?!"

Die laguitbarsting wat gevolg het was aansteeklik en ek het lekker saamgelag. Ek stap na Jaco en sê aan hom terwyl hy my fronsend aangluur: "Jaco, jy weet natuurlik hoekom hierdie klomp torre dit doen, nè?"

Waarop hy antwoord: "Ja, hulle is dônners vervield!"

Weer kon ek my lag nie hou nie en ek gee hom so deur die laggery 'n klop op die skouer. Nog so met my hand op sy skouer, vorm daar 'n versigtige glimlag, en toe breek die damwal. Ou Jaco lag toe te lekker saam met die res van ons.

Sy tande lig van mekaar af op en toe is dit nag Nella. Na 'n minuut was sy bakkies bloedrooi van die lag.

Die manne het daardie dag besef dat hulle hier met 'n baie spesiale karakter te doen het. Hy het nie net 'n snaakse aksent vir hulle stadsore gehad nie, hyself was so in sy droogheid vreksnaaks. Dit was nou maar een ding van daardie plek. Amper niemand was ooit regtig lelik met iemand anders nie. Elkeen het besef dat ons die oggend mekaar groet asof dit 'n laaste groet was.

Die slim mense sê mos jy en jou vrou moet nooit kwaad vir mekaar gaan slaap nie, en hier was dit ook so iets. Jy gaan nie uit op die pad met onnodige bagasie nie.

Lekkerlaggroete

Lankstaan

Een van die mees gevreesde sinne wat 'n konsultant wat verantwoordelik was vir die laai van OTM'e aan my kon sê was: "Ons moet 'n tegnikus uitkry."

Mens sou dink dat hierdie tegnikusse per uur betaal is want hulle het gewoonlik drie ure geneem om 'n OTM te herstel. Tydens een van hierdie geleenthede was ek saam met 'n wrede senior in Johannesburg se middestad. Ek het toe ook sommer daardie dag besluit dat ek nooit so ongenaakbaar sou wees teenoor die manne wat saam met my werk as ek in sy posisie is nie.

Ek het met die LM6, 'n baie lekker aanvalsgeweer wat eintlik maar 'n R4 is, maar semi-outomaties en met 'n korter loop, buite gaan ontplooi. Met die geweer en my koeëlvaste baadjie met al sy toebehore, was dit 'n heerlike gewiggie van so dertien kilogram op my skouers en in my hande. Die gewig opsigself was nie so erg nie, maar die drie ure daarmee wel. Daar staan ek toe buite die OTM se deur. 'n Suikerkorrel tussen duisende peperkorrels.

Jy moet maar daar staan met die dikste vel wat jy in jou vellekas het want jy word aangegluur, beledigings toegesnou en selfs teen vasgeloop en gestamp. Om die gewig effens ligter te maak en eintlik meer om jou kop skoon te hou beweeg jy rond, maar by 'n plek soos daardie was daar geen skuiling te vinde weg van die massas nie.

Na 'n uur se gestanery gaan vra ek die senior-beampte of ek maar in die voertuig kan sit aangesien ons die OTM se deur van daar af kon dophou.

"Nee, jy sal buite staan!" sê die mislike kraai.

So beveel, so gedaan. Na twee ure was my arms lam en moes ek die wapen so af en toe oplig om seker te maak ek sal hom kan gebruik indien nodig. My skouers en rug was toe ook al redelik seer omdat ek heel moontlik 'n uur van die twee ure op my hurke gesit het.

Met nog 'n halfuur oor, maar op daardie stadium nog 'n onbekende tyd wat selfs tot vier ure kan strek, kon ek voel hoe my moegheid al hoe meer aandag begin trek. Dan ruk jy jouself weer reg en begin rondbeweeg. As jy nie meer so paraat soos twee ure vroeër was nie, moes jy ten minste so lyk.

Toe die tegnikus uiteindelik uitkom en na die skerm gaan kyk, was dit soos 'n verligtingsinspuiting en het die tamheid skielik verdwyn. Die einde was in sig en dít was genoeg om nuwe krag te gee.

Ek sou toe later soos hierbo genoem nooit toelaat dat iemand wat saam met my werk so lank hoef te staan nie. Ek het telkemale uitgeklim en die langwapen by 'n kollega gevat en self gaan ontplooi sodat hy in die voertuig kon rus. Dis eintlik logies, ek het mos geweet hoe dit voel om drie ure lank met 'n gewig op my te konsentreer.

Staangroete

Gevaarlike Groenie

Ons almal ken daardie een persoon wat sy of haar eie kop volg. As jy gelukkig is, ken jy meer as een. Hierdie mense is karakters en hulle doen en late moet waardeer word.

So gebeur dit op 'n dag dat ou Groenie 'n gevorderde opleidingskursus saam met my bywoon. Die dag word begin met 'n 2,4 kilometer draffie met die duidelike opdrag dat almal saam die eindpunt moet bereik. In ons lyn van werk is spanwerk baie belangrik!

Dit word opgevolg deur 'n paar uitputtende oefeninge soos stompe dra, mekaar dra, opstote en meer. Die opgewondenheid waarmee ons daardie oggend by die skietbaan gestop het, is teen hierdie tyd reeds uitgeasem en uitgesweet. Uiteindelik breek die geleentheid aan waarvoor almal gewag het: Om ons skietvernuf ten toon te stel.

Daar word huispenetrasie gedoen in 'n "huis" van bande. Jy stap deur die huis met 'n aanvalsgeweer met die taak om slegs die teikens van misdadigers te skiet. Sou jy 'n onskuldige teiken van 'n vrou of kind tref, is jou sweetgaatjies weer erg in die werk gesteek.

Volgens die ongenaakbare instrukteurs het die eerste rondte te maklik afgeloop. Weer stuur hulle ons een-een in, maar hierdie keer word daar van 'n platform af na die grond voor ons geskiet. Hierdie daad het tot gevolg gehad dat stof die enigste ding is wat jy sien. Weer het almal redelik goed gedoen onder geweldige druk.

Daar was nog 'n hele paar skietoefeninge gedoen voor ons almal heel ontspanne met een van die instrukteurs gestaan en gesels het. Die man tel 'n leë koeldrankblikkie op, en daag ons uit om die blik raak te skiet. Almal het geweet dat hy die blikkie ver genoeg gaan weggooi sodat die akkurate 25 meter trefafstand van 'n 9mm pistool daartoe sou lei dat 'n trefskoot eintlik net 'n gelukskoot sou wees.

Wel, almal behalwe ou Groenie.

Die blikkie word geslinger in die rigting van die hoë skietwal. Groenie trek sy pistool blitsig, span en skiet na die voorwerp soos dit nog deur die lug vlieg.

"Is jy @#$_&+ mal Groenewald!"

Verleë sit Groenie sy wapen terug in sy sakkie, "Jy het dan gesê jy gaan die blik gooi dan moet ons hom skiet."

"Ja! Maar eers nadat hy geland het! Jy kan nie eers die @#$_&+ ding raakskiet as hy stil lê nie, nou wil jy hom sommer uit die lug uit skiet!"

Die skamerige glimlag en die rooi wange op ou Groenie se gevreet sal my altyd bybly. Ek glimlag nou nog wanneer ek daaraan dink.

Die instrukteur, ook 'n Groenewald, het daardie dag 'n waardevolle les by sy vangenoot geleer. Gaan die ekstra myl en sit 'n ekstra sin by jou opdrag: Skiet eers ná die blikkie geland het.

Blikkie-groete

Voetjies in die Lug

Stories het 'n manier om stertjies by te kry hoe meer dit oorvertel word. Na die tiende oorvertelling is daar soveel sterte dat dit byna onbekend klink vir die persoon wat die oorspronklike storie beleef het.

Een só storie met my as hoofkarakter, het die ooggetuies daarvan veel meer pret verskaf as vir my. Dit gesê, die laaste weergawe laat my ook soos 'n skaam dogtertjie giggel.

'n Uiters gevaarlike beroep vereis 'n paar dinge.

1. Jy moet paraat wees.
2. Jy moet die mense wat saam met jou werk ten volle kan vertrou.
3. Jy moet oor 'n humorsin beskik.
4. Jy moet dikvellig wees.

Die kontant-in-transito voertuig stop by Hatfield Square waar ons geld na 'n OTM moet neem. As jong outjie besef jy deeglik waar jy jouself bevind. Daar is talle studente, belangriker nog, daar is talle jong dames. Dis nie die plek waar jy 'n slegte indruk wil maak nie. Hier wil jy professioneel lyk!

Op hierdie dag was dit my taak om die gelddraer na die OTM te vergesel. Hy hoef nie oor sy skouer te loer wanneer ek agter hom stap nie. Ek is die oë in sy agterkop. Sy lewe is in my hande. Dis net so bietjie agtergrond.

Goed, daar staan ons af met die studentekuierplek lekker bedrywig. Die pantserdeur word solank oopgeskuif terwyl ek vir die bestuurder wag om die knoppie te druk om die buitenste deur te ontsluit. Gereed vir aksie, sien ek hoe die knop gedruk word en ek skuif die deur spoedig oop.

Met 'n groot gehoor wat elke beweging noukeurig dophou spring ek uit en daar trek ek om die area te beveilig ... Of so het ek gedink!

My koeëlvaste baadjie het aan die pantserdeur vasgehaak en met die momentum waarmee ek wou uitvlieg, is ek halfpad uit en swaai soos 'n apie aan 'n tak terug tot binne die voertuig. My twee kollegas bars gelyktydig uit van die lag terwyl ek verleë op my bas sit.

Om eerlik te wees, dit was meer as 'n laguitbarsting. Die bestuurder, Wynand, sit met sy kop op die stuurwiel soos hy lag terwyl die geld-draer, Connie, op sy rug lê soos hý lag. Ek wou nog verduidelik wat verkeerd geloop het, maar die twee het so lekker gelag dat geen woorde op daardie stadium hulle ore sou bereik nie. Na ek myself van die pantserdeur los gekry het, slaan ek die deur toe sodat ons nie al laggend verras sou word nie.

Ek is natuurlik die res van die dag gespot en uitgelag, en selfs vandag, baie jare later, moet ek hierdie verhaal hoor wanneer ek en Wynand mekaar sien. In sy weergawe het ek nie net teruggeswaai tot in die voertuig nie, ek het met my kortgat in die lug gehang met my voetjies wat in die lug skop. Ek sou dan ook kwansuis gesê het: "Haal my af! Haal my af!"

Connie het dieselfde storie, maar ek dink hy en Wynand het gekonkel om die situasie erger te laat klink as wat dit werklik was.

Pantser-groete

Hei Ou!

Die outjies van Witpoortjie, daar naby Krugersdorp, was van die mees interessante karakters by die geldvervoermaatskappy. Ou Japie was seker die vreemdste van die lot. As jy heeldag 'n koeëlvaste baadjie gedra het, het hy nogal swaar begin weeg op jou skouers. Ek meen, ons was maar gewone ouens, nie gewigoptellers nie. Altans, meeste van ons was gewone ouens.

Ons sou dan die skouer gespes met ons duime lig om die gewig vir 'n rukkie te verlig. Japie wou dit nie doen nie. Hy het sy skouers heeltyd beweeg, met elke beweging is die gewig vir 'n sekond van sy skouers af. Hy het die gewoonte so erg aangeleer, dat hy selfs sonder die baadjie so geloop en skouerswaai het. As jy met Japie praat, staan hy die heeltyd en beweeg sy skouers. Nou Japie en sy Witpoortjie trawante, het elke liewe sin afgesluit met die woord "ou."

"Dit was nou 'n lang dag, ou."

"Kyk daai mooi meisie, ou."

"Ek sal jou opfoeter, ou."

'n Paar van ons was op 'n effense ander vlak gewees. Ons was nie jou tipiese sekuriteitsmanne nie. Kom ons sê maar ons was bietjie anders grootgemaak as meeste van die ouens daar. Ons klomp het toe besluit om hulle te begin spot deur heeltyd te sê "ou" as ons met hulle praat.

Maar ons het die "ou" uitgedruk om te sien of hulle dit snap.

"Hei, ou! Wat maak jy vanaand na werk, ou?"

Hulle het dit nooit gevang nie, hulle het nie besef ons dryf die spot met hulle nie. Maar wat toe gebeur het, is dat ons ook vir alles begin "ou" het. Selfs as ons, die kring van die spotters, in mekaar se geselskap is. Ons het gedink ons wys hulle, toe word ons hulle.

Jare later en nog steeds in kontak met van die spotters, staan ek en een so en gesels. Nou kyk, ek het die "ou" darem al afgeleer, maar toe my ou – jammer, dit was per ongeluk 'n andersoortige "ou" wat hier insluip – vriend begin praat en die eerste van vele "ou'e" laat uitglip, kon ek nie my lag hou nie.

Dit het my oombliklik teruggeneem na daardie plek van doodsgevaar, maar meer nog, daardie plek waar onwaarskynlike vriendskappe gesmee is.

Slim het sy baas behoorlik gevang.

Ou-groete

Wonderlike Reën

Jare gelede toe dit nog gereën het soos dit in daardie dae gereën het, staan ek, Wynand en Connie by die basis en wag vir die oproep om ons daaglikse OTM'e te gaan volmaak. Die wolke was so donker dat mens kwalik sou sê dis agtuur in die môre. Uit daardie selfde donker wolke het die lieflikste reën met groot aggressie uitgesak.

Die weer was ideaal vir 'n beker Boeretroos, maar die pot koffie aan die einde van hierdie reënboog het vereis dat ons 'n ent in die gietende reën sou moes hardloop. Met Wynand voor, Connie agter hom en ek heel agter, hardloop ons volspoed na die beloofde beloning. Dit reën so hard dat ek skaars my oë kan oophou. Ek gluur deur skrefies na Connie se voete voor my.

Die volgende oomblik spring eers Wynand en toe Connie vorentoe. Ek dog by myself dat die ouens lekker onnosel is om oor 'n waterpoeletjie te spring aangesien ons teen daardie tyd reeds sopnat is. Hierdie gedagte is sommer vinnig in die kiem gesmoor toe ek maag eerste in 'n ysterketting vashardloop wat oor die paadjie gespan is.

Die geluid wat by my mond uitgekom het - ja, my mond! - tesame met 'n gekruide woord of twee, was genoeg om hulle te laat stop en omkyk. Hoe die prentjie wat hulle begroet het moes lyk, sal ek nooit weet nie, wat ek wel weet is dat ek vir 'n wyle halflyf oor die ketting gehang het en toe soos 'n vrot vel afgegly het tot ek op my bas beland het. Skielik was die reën vergete en die twee perde staan beide met hande op die knieë en skaterlag.

"Hoekom hardloop jy in die ketting vas? Het jy hom nie gesien nie?" kom dit laggend van Wynand.

"Nee! As ek hom gesien het sou ek onderdeur gegaan het want ek is te kort om bo-oor die simpel ding te spring! Ek dog julle spring oor 'n waterpoel."

Op hierdie stadium was die laggery harder as die geraas van die vallende reën. Dit was nou nie een van my trotste oomblikke nie, maar tog 'n oomblik waaraan ek vandag nog glimlaggend kan terugdink.

Ketting-groete

Amper, maar nie Stamper

Ek was die dag nog redelik nat agter die ore, toe ons geldwa by 'n vulstasie in Leondale, Alberton stop. Awie het die lang geweer en ek vat die sak met geld in na die OTM. Met my terugkeer roep Awie my en sê, "Cornelius, sien jy daardie kar by die pompe?"

Dit was nie vir hom nodig om verder uit te brei nie. Die voertuig se kattebak was oop met vier mans wat uiters verdag rondstaan. Hy lig my toe verder in van 'n rooi BMW oorkant die pad by 'n tiekieboks. Daar was nog vyf mans in die BMW.

Ek het dadelik 'n ekstra vuurwapen uit die voertuig gaan haal om saam met Awie te ontplooi. Die senior-beampte in die voertuig was ook reeds op sy hoede. Hy het stadig in die rigting van die motor met die oop kattebak gery. Toe hy baie naby was het een van die swernote die bak gewelddadig toegeslaan. Dit was duidelik dat hier iets aan die broei was.

Na hy weer langs die OTM se deur gaan stop het, het daar 'n wit Opel Monza by die vulstasie ingetrek en reg voor die geldwa gestop. Met Awie wat dekking bied het ek die insittendes genader en aangesê om te skuif.

Daar was twee mans en twee vroue in die Opel. Hulle het my blatant uitgelag waarna ek die wapen in my hand gespan het en my opdrag herhaal het. Steeds giggelend is die motor aangesluit en hulle het doodluiters weer die vulstasie verlaat. Dit opsigself was uiters vreemd. Wat het hulle daar gaan maak?

Intussen is die basis in kennis gestel en die helikopter is ontbied. Die rooi BMW sowel as ou oop kattebak het uiteindelik ook weggery. Met die heli wat uiteindelik gearriveer het, is 'n paar vlugtige woorde met die taakspanlid aanboord gewissel waarna besluit is dat hulle ons vanuit die lug sal vergesel na ons volgende punt. Ons is seker 'n halfuur later eers daar weg. Op 'n oop stuk pad het ek besluit om solank die volgende punt se geldsak in die kluis te gaan soek.

Groot was my verbasing toe ek die wit Opel agter ons gewaar. Ek het my spanlede in kennis gestel waarna die basis gekontak is. Op daardie stadium het ons geen kommunikasie met die helikopter bo ons gehad nie. Na 'n minuut het ek met nóg groter verbasing gesien hoe die rooi BMW vanuit die veld langs die pad ook aangery kom. Teen hierdie tyd was die haelgeweer reeds deur die agterste skietgat gedruk en ek was gereed om die sneller te trek. Die manne in die helikopter was op hoogte van wat gaande is en het met 'n aanvalsgeweer op die Opel gemik, laer afgesak.

Dit was duidelik dat die insittendes van die twee voertuie so gefokus was op die geldwa dat hulle nie eens bewus was van die laagvlieënde heli bo hulle nie. Eers toe die helikopter so laag was dat sy skaduwee die hele Opel bedek, het die bestuurder uitgeswenk en van die pad af gery. Die BMW het sy voorbeeld gevolg en toe is dit net stof waar jy kyk. Ons het ons dagtaak suksesvol afgehandel en weer veilig die basis bereik. Wat van die derde voertuig met die oop kattebak geword het is steeds 'n geheim.

Daardie dag het ek besef dat mens se oë jou grootste bate is. As jy wakker is, soos my twee kollegas daardie dag was, is die stryd halfpad gewonne.

Ek sou nog 'n hele klomp keer saam met Freddie en Awie werk en dit het die grondslag gelê vir hoe ek 'n paar maande later die werk op my eie span as senior-beampte sou benader.

Veilige-groete

Wrede Les

Kontant-in-transito werk was en is seker vandag nog, nie almal se koppie tee nie.

Lank genoeg gelede dat ek nie meer in die moeilikheid kan beland deur hierdie storie te vertel nie, vind 'n nuwe, vars, jong knaap sy weg tot op my en klein Porra se span. Porra is die seniorbeampte, die nuwe outjie die dekking en ek was daardie dag die geld-draer.

Dit was gou reeds duidelik dat die nuwe perd nie opgewasse is vir die gevaarlike taak op hande nie. Hy was redelik skrikkerig en die nodige vlakke van wakkerheid het ook ontbreek, wat ons almal natuurlik in gevaar gestel het.

By 'n vulstasie neem ek die geld in en nadat ek seker gemaak het dat als buite veilig is - buiten die petroljoggies was daar niemand in sig nie - gaan ek na die jong siel.

Agter die gebou staan 'n groot trollie met wiele wat my dadelik 'n blink plan gegee het.

"Sien jy daardie trollie?"

"Ja?"

"Gee vir my die lang geweer dan klim jy op. Ek sal jou 'n stoot gee dat jy agter die voertuig verbygaan sodat Porra jou in die spieël kan sien."

"Nee, vrek. Hy gaan my vrekmaak as hy dit sien."

"Nee, man. Porra het 'n lekker sin vir humor. As hy wil baklei sal ek hom kalmeer."

"Goed, as jy so sê."

"Laat ek hom net eers gaan sê dat hy die spieël moet dophou sodat jy dit nie verniet doen nie."

Die arme ou was baie op sy senuwees, maar stem tog teësinnig in. Ek gaan klop aan die venster en sê: "Hierdie outjie jaag lekker aan. Hou bietjie die spieël dop, dalk doen hy dit weer."

Daarna stap ek tot by die ou op sy trollie en gee hom 'n stewige stoot waarna ek verdwyn. Hy was skaars aan't beweeg toe ek die voertuig se deur hoor oopgaan. O vet! Hier is nou moeilikheid, dink ek soos ek anderkant om begin stap. Nog so tien meter weg van die voertuig hoor ek 'n vreeslike gevloek en geskel.

Ek stap toe nader nadat ek die deur weer hoor toeslaan en gaan vra doodonskuldig of hy die outjie gesien het.

"Ja! Die klein moer! Vandag is sy laaste dag by hierdie maatskappy!"

Omdat ou Porra hoogs die duiwel in was, los ek hom maar eers om te kalmeer en stap agterom die vulstasie waar ek op 'n senuwrak afkom. Ai, die arme outjie sit op sy hurke met sy gesig in sy hande. Na aan trane sê hy: "Ek gaan my werk verloor."

"Nee wat, ek sal nou met Porra gaan praat."

Terug by die kort van postuur, maar ook van draad senior, verduidelik ek presies wat gebeur het. Ek moes amper grond toe duik vir die gifpyle wat van sy tong af op my lanseer is, maar nadat ek die doel agter die oefening aan hom verduidelik het, het hy kalmeer.

"Hierdie perd kan nie op die pad werk nie. Hy gaan dit nie maak nie. Ek sal vir hom gaan sê dat hy nie afgedank gaan word nie, maar dat jy sal vra om hom te laat oorplaas na gebou-sekuriteit."

"Goed dan, dis reg," sê hy met bewende hande nog van die woede.

Weer by die slagoffer verduidelik ek wat gaan gebeur waarop hy my bedank vir my moeite om sy werk te red. Ja, ek weet. Dit was 'n baie lelike manier om iets gedoen te kry, maar dit was regtig vir sy eie beswil. Daardie middag is die brief geskryf en die jong lat sommer vinnig oorgeplaas na 'n veiliger werksomgewing.

Na afloop van hierdie oefening het daai ou altyd met 'n glimlag op sy bek hekdiens gedoen. Daar was hy baie veiliger as buite op die pad. Ek was werklik besorgd oor sy veiligheid en ek glo tot vandag toe nog dat daardie skuif heel moontlik sy lewe gered het. Al moes dit ook op so 'n dramatiese manier gedoen word.

Gespaar van gevaar groete

Kyk deur my Oë

Laat my toe om die agtergrond te skets van 'n tipiese dag jare gelede by 'n groot kontant-in-transito maatskappy. Jy arriveer by die basis. Die manne by die hoofhek byt jou en jy byt terug - figuurlik! Ja, daar is soms gekruide taal, maar niks word werklik lelik bedoel nie. Hulle besef dat jy dalk vir die laaste keer met jou motortjie daar inry, en jy besef dat hulle, hoewel minder as jy, steeds die risiko loop om in 'n skietgeveg betrokke te raak.

Die atmosfeer voor die kantoor is gewoonlik jolig. Niemand praat oor die reuse olifant in die kamer nie. Dis praatjies oor rugby, nuwe selfone - wat op daardie stadium nie regtig watwonders was nie! - en lekker kuierplekke. Dan is daar die stoutgatte wat wil stoei en krap. Weereens niks lelik nie, of altans, meestal niks lelik nie. Die uitsonderings was ook daar nes hulle daar is in die alledaagse samelewing.

Om weg te kom van die rumoer stap jy tussen die geparkeerde motors deur. Daar tref die realiteit van diversiteit jou. Die raasgatte bondel saam voor die kantoor terwyl die enkeling rustig in sy motor sit en musiek luister. Die enkeling is ook nie alleen in sy eensaamheid nie. 'n Paar karre verder is nog iemand doenig met sy eie dinge. Sy motorvenster word sorgvuldig afgevee waarna hy inklim om die binnekant ook af te vee. Hy kyk op soos ek verbystap en gooi 'n vlugtige wuif.

Om jou gedagtes behoorlik agtermekaar te kry, stap jy na die "gat" waar nie net voertuie van beamptes geparkeer staan nie, maar ook 'n paar gekrokte geldwaens wat in rooftogte betrokke was. 'n Wrede gebaar, sou ek sê, maar seker ook 'n goeie waarskuwing van wat kan gebeur.

Jy gaan staan langs een en onthou die manne wat hierdie voertuig die laaste keer ooit sou bestuur... Wel, die laaste voertuig waarin hulle ooit lewendig sou wees. Dit is 'n ongemaklike gevoel wat jou beetpak. Niemand weet of hy volgende is nie. Jy dink terug aan 'n gesprek met een van die ongelukkiges, sommer die laaste gesprek wat julle ooit sou hê.

In hierdie geval dink ek aan die Ingelsman, Johnny. Die laaste keer wat ek hom ooit sou sien was die oggend voor hy die basis verlaat het. Hy was ongelukkig oor iets op sy span, iets waaroor hy sleg gevoel het. Hy was vasbeslote om dit reg te stel. Hiervoor het ek die grootste respek en bewondering gehad. Of dit moontlik was in die drie ure voor die noodlot hom sou tref, weet ek nie. Uit respek vir hom hou ek daardie iets vir myself.

Ek kyk na die bakkie en sien die oopgesnyde dak waardeur die gevoellose, barbaarse gedrogte op daardie noodlottige wintersoggend toegang tot die voertuig verkry het.

Die enigste ligpunt in hierdie hartseer toneel, is die duik aan die buitekant van die kluis met bloedvlekke op waar een van die rowers gepoog het om die deur met 'n haelgeweer oop te skiet. Die koeël het teruggeskiet en die gemors getref. Sy maats het hom saamgeneem, maar ek is seker dat hy daardie dag gedooi het.

Die werk wag, daar moet wapens en sakke getrek word. Jy druk jou sigaret op die grond langs die eensame toneel dood en stap rustig terug na vanwaar die babbelende geraas kom. Die motorskoonmaker is besig om die deur toe te sluit. Is dit sy laaste toesluit? Die musiekluisteraar haal sy koeëlvaste baadjie uit die kattebak. Is dit dalk vir hom vandag die verskil tussen lewe en dood? Voor jou sien jy twee ouens wat met iemand stoei, daardie iemand is jou vriend. Jy spring in om te help en soos kinders word daar gespeel. Is outjies van agtien tot een-en-twintig jaar nie maar nog kinders nie? Jong gesigte met lewenslustige oë. Die pret word onderbreek met jou senior-beampte wat met die dag se papierwerk aangestap kom.

"Kom, ons moet gaan regmaak. Die ETA vir die eerste punt is vyftig minute."

"Watter lopie doen ons vandag?"

"Oos-Rand."

Ag dis nie 'n lekker een nie. Ek vat die lys en kyk waar ons oral gaan werk. Daveyton, Spruitview, Vosloorus... Alles rowwe plekke met talle nuuskierige oë op jou gerig. Nadat die papiere in die voertuig gebêre is, vertrek ons na die wapenstoor. Die ry is lank en dinge gaan vandag stadig. Die toppie in die kluis is vies vir iets of iemand wat tot gevolg het dat hy ekstra stadig werk.

Weer is dit 'n geklappery en gestoeiery. Vir die buitestaander alles heel kinderagtig, vir ons is dit iets heeltemal anders. Hoewel niemand daaroor praat nie, weet elkeen dat daardie hou op jou skouer, die mikhou na jou pens of die laaste stamp voor jy by die kluis instap 'n moontlike laaste groet is. Dit is nie 'n oorgedramatiseerde stelling nie, dit is wat dit is. Met die wapens getrek word die speelsheid beperk tot lippetaal. 'n Swets hier, 'n naam daar afgesluit deur 'n vriendelike groet of wuif.

Die geldwa word omgetrek na die laai area en wanneer dit jou beurt is word seker gemaak dat jy die regte sakke ontvang. Na afloop hiervan nader ons die groot uitgangshek. Niemand weet wat daarbuite op ons wag nie. Voor ons die onbekende betree groet die hekwagte ons vriendelik. Wanneer die wiele die teerpad raak weet jy dat die ouens wat hier saam met jou in die voertuig sit jou lewe in hulle hande het, en hulle lewens in jou hande is.

Hier is vriendskappe gebore wat jare later steeds staan. Daardie vriendskappe waar ons mekaar na jare iewers raakloop en aan't gesels raak asof ons verlede week nog saam gebraai het. Hier het ons ander leer vertrou, en sommiges leer wantrou. Hier het kinders grootmense geword, terwyl ander oumense geword het. Hierdie lewenservaringe verruil ek vir niks nie.

Ek hoop julle het hierdie rare blik op 'n transito-beampte se eerste paar uur van 'n gewone dag geniet.

Nog 'n dag-groete

Tandpyn

Ons almal ken die gesegde: Hy is soos 'n beer met 'n seer poot. Ek was op 'n dag so, net erger, ek was 'n beertjie met 'n seer tand.

By die eerste OTM wat ons daardie dag moes laai, maak ek eers seker dat die geld veilig in is voor ek vinnig by die vulstasie se winkel inhardloop om 'n paar Grandpa poeiers te koop. Ek het aan 'n kloppende tandpyn gely wat so erg was dat ek gesukkel het om reguit te dink. Dis natuurlik glad nie ideaal in hierdie lyn van werk nie. Sonder om te wik of weeg gooi ek die eerste een in my mond. Na sowat vyf minute met die poeier nou byna soos tandepasta op die seer tand, het die pyn effens ligter geraak. 'n Uur later was nog een nodig.

Ek het die nagevolge opgeweeg; maagskade of hierdie ondraaglike pyn. Op daardie stadium het die pyn veel swaarder geweeg en die tweede poeier is toegedien.

Later die dag by 'n ander vulstasie, tref ons 'n lang ry siele voor die OTM aan. Buiten die lang ry, het daar oral mense rondgestaan. Selfs voor die deur waar ons die geld moes invat. Ek het uitgeklim met die BXP, 'n simpel ou geweertjie wat 9mm koeëls skiet wanneer hy nie storings kry nie en amper soos 'n UZI lyk. Met my seer bek het ek die klein skare so vriendelik as moontlik gevra om uit die pad te skuif. Meeste het dadelik gehoor gegee, maar een astrante kraai het tot 'n meter van my af nader gestap met 'n duiwelse glimlag op sy bakkies.

Die uitlokkende houding van die man het daarin geslaag om my iets te laat doen wat ek nie normaalweg sou doen nie. My kop was bietjie deurmekaar van die pyn. Ek het hom eers weer gevra om te skuif en toe hy steeds nader kom het ek hom met die kolf van die geweer laat verstaan dat ek eintlik ernstig was in my vriendelike versoek.

Julle moet tog verstaan dat as jy heeldag oor jou skouer moet loer en almal wat jy teëkom as verdag moet sien, hierdie optrede tweede natuur word. Op pad grond toe het hy een van my spaarmagasyne van die koeëlvaste baadjie afgeruk. Was dit enige ander dag sou ek een tree terug gegee het na die hou toegedien is. En toe vang ek iets baie onnosel en onverskillig aan. Ek gaan sit op my hurke om die magasyn op te tel. Met een hand op die BXP, die ander hand op die grond en my oë op die gehoor merk ek op hoe drie mans vinnig naderstap. Ek los die magasyn, spring op, span die wapen en toe ek op die teiken is hoor ek nog 'n wapen span. Dit was gelukkig een van my kollegas wat die hele gedoente vanuit die voertuig gade geslaan het. Die drie siele is net daar in hulle spore gestuit. Teen hierdie tyd het die man wat platgeslaan was ook opgestaan en terwyl hy sy wang vryf steeds glimlaggend na my gestaar.

Die vier is deur die ander mense teenwoordig weggejaag; een van hulle het sommer 'n hou deur die gesig gekry met 'n handsak.

Dat hulle rowers was, is tot nou nog vir my 'n sekerheid - hulle gedrag het dit verklap. Of hulle beplan het om daardie dag 'n roof te pleeg en of hulle slegs reaksies wou toets, is 'n geheim. Die OTM is uiteindelik gelaai en ek het die res van die dag met my seer bek deur geworstel.

Omdat ek op daardie stadium nog nat agter die ore was, het ek vrede gemaak met my onverskillige optrede. Ek het 'n geleentheid ontvang om iets te leer sonder om met my lewe daarvoor te boet.

Na wat by daardie vulstasie gebeur het, het ek van skerp na vlymskerp gevorder. Was dit nie daarvoor nie, sou ek dalk op 'n ander geleentheid die hoogste prys moes betaal vir 'n werk wat my nie betaal het wat ek werd was nie.

Pynlike groete

Sukkelariteit

Seker soos in enige bedryf, maar ek sou sê merendeels in die sekuriteitsbedryf, kry jy heelwat mense wat glo hulle is Rambo se halfboetie. Ander glo sommer dat hulle Rambo self is.

By 'n groot winkelsentrum in Roodepoort sou ek met een van hierdie vreemde kreature te doen kry. Hierdie ou was dalk bietjie erger as die res, hy het gedink hy is Chuck Norris se aangetroude kleinneef. Ek en my kollega het by die groot deure ingestap; hy met die trollie waarop die geld vir die OTM'e was, en ek agterna om hom en die pakkie te beveilig. Hy was veilig in die kamertjie toe die deur skielik oopvlieg.

Ek vra toe wat gaande is, waarop hy my vertel dat hy die kluissleutel in die geldwa vergeet het. Situasies soos hierdie was ingewikkeld omdat ek nie myself in twee kon skeur om by die geld te bly terwyl ek dekking wou gee by die voertuig ook nie. Ek het dus gaan stelling inneem tussen die twee punte.

Op 'n drafstap, eintlik met 'n ligte draffie is die man daar weg om die sleutel te gaan haal. Hy het die sleutel gekry, maar op pad terug na die OTM merk ek hoe drie van die sentrum se sekuriteitsbeamptes agter hom aangedraf kom.

Ek het my daarheen gehaas en tussen hulle en hom stelling ingeneem. Hou in gedagte dat enigiemand 'n verdagte kan wees. Hulle wou my nog uit die pad stamp toe my geweerkolf met een van hulle se kakebeen kennismaak. Die ander twee is net daar in hulle spore gestuit.

"Wat de foeter dink julle doen julle?!" vra ek vriendelik.

"Daai man, hy hardloop met die pistool, toe ons jaag hom.

"Daai man, hy is die man van die geld. Hy het iets gaan haal."

Die drietjies is toe stert tussen die bene daar weg. Vyf minute later keer hulle saam met twee ekstra sekuriteitsbeamptes en 'n blanke man terug. Die man stap reguit verby my na die OTM se deur en begin aan die handvatsel pluk. Teen daardie tyd was ek reeds naby genoeg om my werk te doen.

"Wat dink jy doen jy?"

"Ek is die sentrum se sekuriteitsbestuurder. Die man hierbinne het met 'n pistool in sy hand hier rondgehardloop! Ek soek hom nou dadelik!"

Ek bedink eers sy sinnelose gebabbel en antwoord: "Eerstens, hy het gedraf, tweedens was sy pistool te alle tye veilig in die pistoolsakkie met sy hand daarop om te verseker dat die ding nie uitval nie."

Vinnig verander hy die onderwerp, "Het jy een van my beamptes in die gesig geslaan?"

Net so vinnig antwoord ek hom terug, "Nee, hy het in my geweerkolf vasgehardloop. Miskien moet jy die ou vir oogtoetse stuur."

"Ek soek nou dadelik jou naam en jou bestuurder se telefoonnommer."

"Goed so. Ek weet nie hoekom jy dit vir my sê nie, maar hoe dit ook al sy, sterkte met jou soektog."

Hy het glad nie gehou van wat hy gehoor het nie en begin toe om in my rigting te beweeg.

"Moet asseblief nie nader kom nie, en dra daardie boodskap sommer aan jou beamptes ook oor. Ek is dalk effe mallerig en ek staan met 'n geweer in my hande."

Hy stop, kyk my vuil uit en sê: "Daai man het met 'n pistool in sy hand in my winkelsentrum gehardloop."

"Jou winkelsentrum? Interessant, maar in elk geval, jy is besig om jouself te herhaal. Sal jy en jou bende nou asseblief loop sodat ons ons werk hier kan afhandel?"

Sy presiese woorde aan my was: "Julle gaan nie vandag by hierdie sentrum uit nie."

Die harde realiteit is dat ons nie verhoed mag word om die sentrum te verlaat nie. Laat ek dan maar bieg dat dit glad nie 'n aangename situasie is om jouself in te bevind nie. Ek wou immers net my werk doen en die vooruitsig van fisiese konflik om dit te doen, is nie juis iets waarna ek uitgesien het nie.

Hulle het teruggestaan waarop ek aan my kollega gaan sê het om op pad na buite vir niemand te stop nie. Op ons roete na buite merk ek 'n stuk of agt beamptes wat voor die deur staan. Hulle is sonder moeite uit die pad geboender.

Ons was skaars in die voertuig of ons sien ou Chuck se familielid aangehol kom. Die man was heel waansinnig. My senior draai na my en vra: "Leon, wat het jy nou weer aangevang? Die kantoor het my laat weet dat ons vanmiddag vir meneer Cloete in sy kantoor moet gaan sien."

Ons het daardie middag ons verskyning op die rooitapyt gemaak en mooi verduidelik wat gebeur het. Die uiteinde was dat ou Chuckie ons elke keer daarna uitgelos het, buiten natuurlik vir sy kwaai gluur.

Veilige groete

Die Porra, die Boer en die Kleurling

Die Porra, Boer en Kleurling stap by 'n kroeg in... Ja, ek weet die opskrif klink soos die begin van 'n grappie, en hoewel hierdie spesifieke gebeurtenis heel komies was, is dit die reine waarheid. As daar nou een ding is wat ek van vulstasie-eienaars geleer het in my tyd as geldvervoerder, is dit dat meeste van hulle die grond aanbid waarop hulle werknemers loop. Of dalk het hulle net nie gehou van ons wat die OTM'e by hulle vulstasies moes volmaak nie.

Op daardie stadium het ons nog die geld vervoer met Toyota Hilux bakkies - kyk, daai goed was ver oorgewig as gevolg van die pantserplate, maar hulle het gehou en gehou! Die probleem was dat die kluis van agter af oopgesluit moes word, waarna die trollieman eers die regte sak moes soek. Hier was die persoon met die lang geweer - op hierdie spesifieke dag, ek, se taak van groot belang.

Terwyl die klein Porra, Freddie, agter die stuur gesit het en niks agter die voertuig kon sien nie, het Mike, die heel skaflike en goeie Kleurling, met sy rug gekeer op die wêreld na die sak gesoek terwyl ek as sy oë moes dien. Op daardie oomblik kom 'n petroljoggie aangedrentel en wou net teen Mike verbyskuur toe ek my wapen span. Die joggie het hom boeglam geskrik, so erg dat hy soos 'n tekenprentkarakter drie treë in die lug gegee het voor hy net daar op sy bas geval het. Hier moet ek net noem dat die wapen nie 'n koeël in die loop gehad het nie. Ons het 'n manier gehad om die wapen te span sonder dat 'n patroon gelaai word. Hierdie toertjie is uitgevoer wanneer daar nie werklik gevaar was nie, maar ons iemand wat te naby aan die geld of ons kollegas gekom het, wou skrikmaak.

Nadat Mike die geld ingevat het, gaan sê ek vir die perd dat hy nie weer so naby aan my makker moet kom nie. Ek verduidelik vriendelik aan hom dat ek dalk kan dink hy is 'n rower. Die man was glad nie in sy skik met my nie en gaan roep toe sy baas.

Sjoe! Wat 'n onaangename ou drommel was hý nie! Verskoon tog maar die groot aantal leestekens en ander vreemde goeters, die ou het skynbaar nog nooit seep in sy mond gehad nie.

"Het jy een van my mense gedreig?!" skree hy terwyl hy in my rigting storm. Die ding van goeie opleiding is dat jy instinktief reageer wanneer jy bedreig voel.

"Oom, stop asseblief net daar. Ons kan gesels, maar ek kan oom nie nader laat kom as waar oom nou staan nie."

"Hierdie is my @#$&+* garage, ek sal @#$&+* staan waar ek @#$&+* wil!"

Weer het hy nader gekom toe ek my wapen, wat intussen weer na sy vorige stand gestel is, met dieselfde truuk span. Ek wou immers net die man skrikmaak en hom laat terugstaan, ek het mos 'n brein, ek weet mos hy is nie werklik 'n bedreiging vir my nie.

"Sit neer daai @#$&+* gun dat ek jou kan +&$#@!"

"Nee dankie."

Hy stap toe anderkant om die voertuig en gaan klop aan die venster.

"Maak nou dadelik hierdie @#$&+* deur oop!"

Die bestuurder mag dit natuurlik nie doen nie, waarop ek hom vriendelik vra om weg te staan van die voertuig. Freddie was 'n baie goeie senior-beampte, hy was altyd aan die manne wat saam met hom gewerk het se kant. Daarmee saam het hy oor 'n interessante mengsel van 'n kort humeur en 'n uitlokkende sin vir humor beskik.

Die eienaar ruk homself op en begin wegstap toe Freddie sy deur oopmaak en iets vir hom skree. Die siel wou nog die deur gryp toe dit vinnig toegeslaan word. Na nog 'n paar lelike woorde begin hy weer wegstap, en die klein Porra weer die deur oopmaak om nog iets te sê.

So het dit aangegaan vir nagenoeg tien minute. Die ou was skoon waansinnig in sy pogings om die deur oop te vang. Wat hy sou gedoen as hy die deur kon vang, weet nugter alleen. Die hele gedoente was natuurlik vir my as toeskouer vreeslik snaaks. Die hartseer daaraan, was dat die hele situasie vreedsaam uitgesorteer kon word as die knorrige vulstasie-eienaar soos 'n beskaafde mens kon kommunikeer.

Mike het intussen ook uitgekom om buite by my te staan. Terwyl die malman nog so tekere gaan, sê Mike aan hom: "Meneer, djy moenie so kwaad raak nie, djy gan 'n hartaanval kry. Gan kry 'n koeldrankie en gan sit bietjie om jou hart te rus." Hoewel dit redelik sarkasties mag oorkom, was ou Mike heel opreg in sy raad aan die man. Ek moes hard sluk aan my lag.

Die eienaar het omgedraai en begin wegstap, gestop, na my gedraai en gesê: "Ek gaan jou en daai klein blik... emmer in die voertuig rapporteer. Hy het dit ook gedoen en ek, Freddie en Mike was later daardie middag vir die soveelste keer in die bestuurder se kantoor. Dis nie asof ons moeilikheidmakers was nie, ons het ons werk net baie ernstig opgeneem.

Buitendien, wanneer jy daarbuite was, was jou kollegas al wat jy gehad het. Van moontlike rowers tot tieners wat by jou verbystap en hulle hande grappenderwys skielik in die lug steek en jou dan uitlag, tot mense wat vir jou kwaad raak oor jy jou werk doen. Hierdie was alles faktore wat bygedra het tot samehorigheid op 'n span. Dit het soms gevoel of almal teen jou is. Die ironie hierin is dat ons ook net gewone mense was, ons was na-ure ook maar deel van die "almal" - natuurlik met begrip vir ander mense wat maar net hulle werk doen.

Soos 'n grootbek perd eendag aan my gesê het terwyl ek iewers buite ontplooi, "Jy lyk soos 'n barbaar met daai groot geweer. Is dit regtig in vandag se dae nodig vir sulke drastiese stappe?"

Ek het hom op en af gekyk, en toe antwoord ek na die beste van my vermoë: "Het jy 'n seun?"

"Ja."

"Goed, as jou seun dalk eendag hierdie werk moet doen, belowe ek jou vandag dat jy gaan hoop en bid dat hulle hom meer en groter wapens gee as dít waarmee ons dit nou moet doen. O ja, en as jou seun dalk saam met my werk, sal ek hom met my lewe beskerm."

Asof daar 'n liggie aangegaan het volg hy op: "Wees wakker. Mooi dag vir julle."

Ja, van die manne wat daardie werk gedoen het, het geglo dat hulle iets of iemand is wat hulle nie was nie, maar 'n hele klomp van ons was beskaafde, goedgemanierde manne wat 'n werk gedoen het waarvoor bittermin mense kans gesien het.

Ek kan nie praat oor die mense wat tans daardie werk doen nie, maar ek kan wel sê dat elke lid van die publiek wat geld trek by 'n OTM 'n stille dankie kan opstuur aan die manne wat hulle lewens op die spel plaas sodat jy daardie geldjies kan trek.

Dit is ook nie 'n oordrewe, aangeplakte stelling nie. Transitorowe is lelike gedoentes. Ek het al vriende aan die dood afgestaan wat teen 'n karige salaris een van die ondankbaarste werke denkbaar moes doen.

Daaglikse genade groete

Winkelpoppe

Ons was die dag in Kemptonpark by 'n kleinerige winkelsentrum. Kyk, die Kemptoniete is doodgewone, goeie mense. Op hierdie spesifieke dag, was ek en Chris gelukkig om 'n hele paar goedgelowige, maklik flousbare mense in daardie sentrum raak te loop.

Nadat die geld veilig by die OTM afgelewer is, staan ek en Chris buite die deur en wag dat die konsultant sy taak afhandel. Die mense wat verby ons stap kyk ons vreemd aan, wat ons op die ingewing van die oomblik laat besluit om vir hulle 'n poets te bak.

Chris gaan staan aan die een- en ek aan die anderkant van die deur van 'n klerewinkel. Ons staan morsdood stil en wag vir die eerste slagoffers om te verskyn.

Ek was verheug om te sien dat dit drie tienerseuns is. Hierdie spesie het mos die gewoonte gehad om skielike bewegings uit te voer wanneer hulle verby 'n gewapende beampte stap. Dit was 'n simpel gewoonte aangesien hulle nie geweet het wat in daardie persoon se kop aangaan nie. Ons, en ek moet sê, veral Chris het soos regte winkelpoppe gelyk. Hy het doodstil gestaan met sy kop effens vooroor gebuig. Die seuns het laggend nadergestap, reg voor Chris gaan stelling inneem, en hom op en af betrag om vas te stel of hy regtig 'n pop is.

"Vrek! Hierdie pop lyk soos 'n regte mens!" sê die een nogal aan sy maats.

Ek wou begin lag, maar sluk dit met baie moeite terug. Na sowat vyftien sekondes staan die drie nou so naby aan Chris dat ek seker is hy moet asem ophou om hulle aan te hou flous.

Die volgende oomblik maak hy 'n robotagtige beweging, net een beweging en vries toe weer. Die drie knape spring agteruit en ek hou tot vandag nog vol dat ek 'n baie dogtertjie agtige gil gehoor het.

Hulle bars toe uit van die lag en nadat Chris nog 'n beweging maak bars sy lagwalle ook. Die seuns was so in hulle skik met Chris se poets dat hulle sommer sy blad wou skud. Hy loer na my en ek knik instemmend, waarop hy sy hand uitsteek en sy welverdiende lofprysing ontvang.

Die volgende teiken was 'n ou oom en tannie. Die stomme tannie sê nogal vir die oom: "Jan, Jan kyk hierdie pop," sy draai in my rigting en gaan voort, "daar is nog een. Die f@#$%^ vel lyk soos ons sin. Kan jy dit glo?!"

Haar woorde was een te veel vir ons en ons begin hardop lag.

"Hiert, jou bliksem!"

Nee kyk, dit was die laaste sien van die blik kantien. Ons het albei op ons hurke gaan sit soos ons lag. Die arme oom het 'n rukkie geneem om agter te kom wat pas gebeur het, maar daardie tannie was hoogs die duiwel in vir ons. Sy het net daar omgeswaai en al vloekende weggestorm.

Met die OTM gelaai, is ons kort daarna weer terug by die voertuig. Ek en Chris sou op 'n paar geleenthede daarna dieselfde toertjie probeer. Dit het op sommiges gewerk terwyl ander mense bloot verbygestap het sonder om eers in ons rigting te kyk. Een ding is seker. Nie een van daardie kere het 'n karakter soos daardie ou tannie opgelewer nie.

Stilstaan groete

Onder Druk

Laat ek begin deur te sê dat dit onlangs onder my aandag gekom het dat die bestuurder ter sprake in hierdie staaltjie onlangs oorlede is. Ek gaan dus uit respek nie sy naam noem nie. Aan die anderkant het my pa altyd gesê: "Daar is nie so iets soos 'n slegte dooie nie, wanneer iemand dood is vertel almal watse goeie mens hy was."

Daar was ook na afloop van die gebeure soos hier vertel geen kwade gevoelens tussen ons nie - die lewe is immers te kort vir wrokke. Buitendien, hy was ook onder druk van die bank wat hulle OTM'e wou vol hê. Wat hier volg is dus die bose kringloop van druk. Jy druk my, ek druk jou en uiteindelik vou of staan die laaste ontvanger onder die druk.

By die betrokke maatskappy het die rangstruktuur as volg gewerk. Ek was in die afdeling waar ons geld na OTM'e vervoer het. Jy het as BB begin wat staan vir Beskermingsbeampte en as jy gelukkig genoeg was om bevorder te word was jy 'n ASBB wat 'n Assistent Senior Beskermingsbeampte was.

Ek was jonk en om eerlik te wees nog redelik onervare in die transitobedryf toe ek gevra is om te begin span uitneem. Die rede hiervoor was dat die bevorderingsproses te stadig was om die aanvraag na amptelike spanuitnemers te bevredig.

Nog 'n probleem was dat nie almal oor die nodige kwaliteite beskik het om hierdie taak uit te voer nie. Daar was ouens wat jare voor my daar begin werk het wat nooit bevorder is nie. Die maatskappy was so vriendelik om die onbevorderde spanuitnemer met 'n volle R15 per dag ekstra te beloon vir hierdie groot taak.

Die spanuitnemer was verantwoordelik vir die voertuig, wapens, geld en natuurlik die lewens van die beamptes saam met hom. Een verkeerde besluit deur hierdie arme swaap wat tot verlies en selfs dood kon lei, was op sy skouers. Hierdie is sommer net bietjie agtergrond.

Daar het pas 'n nuwe groep jongmanne op die pad begin werk na hulle die nodige opleiding voltooi het. Ek het op hierdie geleentheid twee van die jongelinge gekry - hoewel ekself skaars twee jaar ouer as hulle was.

Ons was op pad om die wapens in die wapenkluis te gaan trek toe ek een vra waar sy koeëlvaste baadjie is.

"Ek het nie een nie."

"Wag hier," sê ek terwyl ek aanstaltes maak na die kantoor. Ek het doelgerig by die kantoor ingestap en gevra dat hulle 'n koeëlvaste baadjie moet gee vir die nuwe ou op my span.

"Daar is nie nog baadjies nie, Cornelius. Hy moet maar sonder een uitgaan."

"Ek is jammer, maar daar is nie 'n manier nie."

Ek het teruggegaan na die wapenkluis waar die twee manne vir my gewag het en hulle aangesê om by die voertuig vir my te gaan wag. Na sowat vyf minute word ek na die kantoor ontbied waar die bestuurder sê hy wil my sien.

"Cornelius, julle kan maar so uitgaan op die pad. Ek gee jou toestemming."

"Meneer, met alle respek, ek gaan nie by hierdie basis uit voor almal op my span nie koeëlvaste baadjies het nie."

Sy vriendelikheid het in 'n oogwink na woede oorgeskakel.

"Luister! Ek is jou bestuurder! Gaan trek wapens en gaan laai die sakke, as ek netnou uit my kantoor kom moet julle weg wees!"

Soos ek sien hoe die ander spanne die basis verlaat, het my senuagtigheid toegeneem. My span was naderhand die enigste een by die basis.

Omdat daar niks beter was om te doen nie, gaan staan ek by die kantoorvenster en gesels met die kantoormuise toe die bestuurder daar instap.

"Cornelius, wat maak jy nog hier. Ek het gedink julle is al lankal weg."

"Nee, een van my manne kort nog 'n baadjie, maar sodra hy een het sal ons ry."

Sy gesig het bloedrooi geraak en hy het die tafel voor hom so hard met sy regterhand geslaan dat die leë koffiebeker wat daarop staan, omgeval het.

"Ek het dan vir jou gesê julle kan gaan, dan kan en moet julle gaan!"

"Sit dit op skrif, dan sal ek gaan."

Vir versekeringsdoeleindes kon en sou hy dit natuurlik nooit doen nie. Met vuurspuende oë het hy my aangegluur, omgedraai en weggestap.

Ek het na die twee jongmanne by die voertuig gegaan om hulle in te lig van wat gaande is. My opdrag aan hulle was eenvoudig, maak nie saak wie hulle kom dreig nie, hulle verlaat die basis onder geen omstandighede saam met enigiemand as almal op die span nie koeëlvaste baadjies het nie.

Dit het toe ook so gebeur dat hulle deur die bestuurder genader is en aangesê is om saam met een van die manne in die kantoor uit te gaan. Ek het die geheime samekoms onderbreek en herhaal dat niemand die basis verlaat sonder daardie belangrike stukkie veiligheid op hulle skouers nie.

Die bestuurder het na my gedraai en gesê: “Cornelius, luister nou baie mooi na my. Solank ek die bestuurder van hierdie afdeling is, sal jy nooit bevorder word nie.”

My ore het getuit met die aanhoor hiervan. Ek het immers reg en verantwoordelik opgetree en nou word ek daarvoor gestraf.

Die eerste span het net na twaalfuur by die basis aangekom en ek het een van daardie manne se baadjies gaan leen. Ons het die wapens en sakke gaan trek en die dag se werk gaan afhandel.

Skaars twee weke later word ek na die bestuurder se kantoor ontbied. Hy het ’n brief aan my oorhandig en my gelukgewens met my bevordering. Dit was na aanleiding van sy dreigement duidelik ’n bitter pil vir die man en ek sou bietjie later daardie dag uitvind hoekom die bitter nog bitterder moes wees.

’n Lys met die name van persone wat bevorder moet word, is eers na hom gestuur vir goedkeuring. Hy krap die name daarop wat hy afkeur dood voor die lys vir finale goedkeuring na hoofkantoor gestuur word. ’n Voëltjie het in my oor kom fluister dat my naam doodgekrap was, maar dat iemand by hoofkantoor sy besluit omgekeer het en my weer op die lys geplaas het.

Ek was amptelik bevorder en hoewel ek en verskeie manne wat daarna saam met my gewerk het na 'n dag se drama ingeroep is na sy kantoor vir 'n uittrapsessie, was daar tog 'n mate van respek wat die man teenoor my geopenbaar het.

Mag hy in vrede rus. Ek spreek hierdie wens met die grootste opregtheid en eerlikheid uit. Hierdie dag het my nie geknak nie, trouens, dit het my 'n waardevolle les geleer: Drukverwerking.

Nuwe ruggraatgroete

Boosheid of Onnoselheid

Ek het nogal van my Jetta gehou, die motorkar was heel aangenaam met sy radio wat uiting kon gee aan sy emosies deur 'n versterker en redelik goeie luidsprekers. Daarmee saam was die ding meganies nie te sleg nie en sy padhouvermoë ook iets om oor huis toe te skryf. Hierdie dinge is goed en wel, maar wanneer die bestuurder bietjie onverantwoordelik optree is dit geen fout van die motor se kant as ek en hy teen 'n stilstaande lamppaal bots nie. Wat hier volg sal sommiges onmiddellik laat stoom en aan ander 'n grynslag besorg.

Ek was op daardie stadium besig om 'n boek te lees, geskryf deur 'n vrou wat voorheen 'n bruid van Satan was. Te dik vir 'n daalder? Wie weet? Ek dink tog daar gebeur baie dinge agter die skerms terwyl ons gerieflikheidshalwe probeer fokus op dinge wat ons kan sien en met gemaklikheid kan verwerk. Die een aand na ek 'n paar rondtes potspel gespeel het, vra 'n vriend my of ek hom by die huis sal gaan aflaai. Ek het natuurlik ingestem en ons is daar weg.

By 'n gedeelte van die pad wat 'n jongman soos 'n resiesdrywer laat voel is daar 'n skielike kurwe na regs en dan weer vinnig na links. Hier het ek vir 'n oomblik gedink om te maak of ek reguit gaan toe ek na regs moes swenk. Sommer vir die grap daarvan. Nou, jare later besef ek natuurlik dat dit 'n simpel grap was, maar die bedrading in 'n jongeling se kop is nog nie orals gekoppel waar dit moet wees nie.

My denke het daartoe gelei dat ek die toertjie net gedeeltelik wou uitvoer om nie te erg aan te jaag nie. My poging om teen so dertig kilometer per uur en sewe meter van die lamppaal af skielik na regs te draai was onsuksesvol en ons is met my nie-te-sleg motortjie in die paal vas. Dit was ook nie een van daardie nuwerige lamppale nie, o nee! Daai ding was van outydse Yskorstaal gemaak en onder die wakende oog van 'n pligsgetroue voorman stewig in die grond geplant.

Na die tyd wonder ek toe of die botsing wel deur my swak bestuursvernuf of dalk as gevolg van 'n bose ingryping was na aanleiding van die boek waarmee ek besig was. Dit bly 'n raaisel, maar soos alles in die verlede is daar niks wat mens in die hede daaraan kan doen nie.

Die beserings wat ek daardie aand opgedoen het, sou vir groot lyding sorg toe ek weer terug is werk toe.

Harde paalgroete

Geskeurde Ribspiere

Nadat ek, soos voorheen vermeld, my motor teen seker die stewigste lamppaal in mense heugenis afgeskryf het, en mankerig kon wegstap met slegs 'n hoofpyn, gebroke hart en 'n paar geskeurde ribspiere, was ek kort daarna weer terug by die werk. Terugskouend moes ek seker die volle tydperk wat ek afgeboek was by die huis gebly het, maar pligsgetrouheid het daartoe gelei dat ek sommer vinnig weer by die werk was.

My spanlede, Groenie en 'n Ingelsman, eintlik 'n Skot, Wood, het daardie dag baie meer gedoen as wat ooit van hulle verwag kon word. Dit was omstreeks tienuur toe ek deur die ergste denkbare pyn platgetrek is. Dit was so erg dat ek glad nie meer in staat was om die voertuig te bestuur nie.

Ons het kajuitraad gehou, en daar is besluit dat ek op die vloer van die bussie moes gaan lê. Groenie sou bestuur en dan uitklim om dekking aan Wood te gee terwyl laasgenoemde die sak na die OTM neem. Die twee manne was skerp genoeg dat ek hulle met die taak kon vertrou. In my agterkop het ek bly dink dat sou iets skeefloop adrenalien sou inskop en ek my kant sal bring.

Soos die noodlot was, is en altyd sal wees, kry ons berig van ’n beplande rooftog by ons volgende dienspunt. Die taakmag is reeds op pad, maar ons is baie nader as hulle. Omdat ons onsself in Alexandra bevind besluit ek dat ons daarheen moet gaan. Om iewers te gaan rondstaan in afwagting op bystand sou nie veel veiliger wees nie.

Groenie het ons veilig tot daar gebring waarna ons eers die terrein bespied het. Die bank se konsultant is ingelig van die situasie waarna ons met wyd oopgerekte oë alle en enige moontlike verdagtes bekyk het. Soos ek vermoed het, het die nodige adrenalien ingeskop en ek was so reg soos ’n roer met die haelgeweer gemaklik in my hande.

Die dag se modus operandi was aangepas vir hierdie spesifieke situasie. Groenie sou agter die stuur bly met Wood wat op ’n veilige plek afgelaai is met sy aanvalsgeweer vanwaar hy kon rondbeweeg sonder veel hindernisse. Ek het stelling ingeneem by ’n skietgat met gemelde haelgeweer. Eers toe ek seker was dat alles onder beheer is, is Groenie aangesê om die sak in te neem na die OTM.

Die twee dappermuise was nog buite toe die berig oor die radio kom dat ons nie die rowers se teiken was nie. Daar was wel 'n roof beplan vir daardie vulstasie op daardie dag, maar die teiken was 'n ander sekerheidsmaatskappy wat geld by die winkeltjie moes optel. Hieroor was ek baie verlig. Tog was ek rustig in die wete dat ek twee vlymskerp manne gehad het wat enige gebeurlikheid die hoof sou kon bied.

Vandag kan ek nie veel meer hieroor sê as: Dankie manne! Julle het daardie dag soos ysters opgetree.

My spiere het daarna vinnig herstel en ek sou eers later tot die gevolgtrekking kom dat my dag van pyn, my derde dag van herstel was. Nou weet ek hoekom hulle sê die derde dag van die herstelproses die ergste is.

Spiere-groete

Die Gomtorre

Met 'n lied in my hart daag ek die een oggend by die basis op. 'n Vrolike lied wat sommer vinnig in 'n swaar gesanik met 'n gekners van tande sou gepaardgaan. Die kantoortiffies het dit goed gedink om twee nie-voorgeskrewe-pil-slukkers op my span te sit op daardie spesifieke dag. Nie een van hulle het baie van my gehou nie omdat ek 'n paar jaar na hulle by die maatskappy begin werk het en toe reeds bevorder was na spanuitnemer bo hulle. Daarvoor kon ek immers nie kwalik geneem word nie. Ek het altyd die werk tot die beste van my vermoë gedoen. Daarby het ek ook nie myself bevorder nie.

Goed, ek het geweet van die tweetjies se buitemuurse aktiwiteite, maar ek het nie geweet dat hulle dit by die werk ook sou beoefen nie. Iewers tussen Germiston en Boksburg by 'n besige kruising, vra ek die kraai langs my of dit skoon is links.

"Ja, ry maar. Daar is net 'n hond."

Ek het my nie veel aan die "hond" aanmerking gesteur nie en net begin wegtrek toe die Heilige Gees vir my sê om self te kyk voor ek verder ry. Dankie tog daarvoor, want as ek na ou gomtor geluister het, het nie ek of hy en sy maatjie daardie dag as lewende aardbewoners afgesluit nie.

Die “hond” waarna hy verwys het was ’n Greyhound bus wat teen ’n redelike hoë spoed aangery gekom het. Was dit nie vir ’n tikkie selfbeheersing aan my kant nie, het daardie skobbejak sy dag in ’n hospitaalbed afgesluit. Ek sal die twee se luidrugtige gelag net daarna, nooit vergeet nie. Soos ons maar altyd in sukkelariteit gesê het, “Die job moet loop,” het ek met die twee hoogs onbetroubare kreature vasgebyt vir die res van die dag. Dit was presies die teenoorgestelde van “Hemel op Tafelberg.”

By ’n winkelsentrum is die twee in met ’n trollie vol geld vir die OTM. Ek was deeglik bewus daarvan dat ek slegs op myself kan staatmaak vir my veiligheid daardie dag. Na hulle in is, het ek die voertuig in ’n afgeleë deel van die parkeerterrein gaan stop vanwaar niemand my kon bekruip nie terwyl ek ’n goeie uitsig oor die sentrum se hoofingang gehad het.

Dit was kwalik twee minute of ek sien die twee uitgehardloop kom, een nogal met sy pistool in sy hand. My eerste gedagte was: Roof! Ek het soos ’n koeël uit ’n geweer weggetrek om my twee onbetroubare kollegas by te staan. Die voertuig is so getrek om aan hulle dekking te bied sodat hulle veilig kon inklim. Toe die deur toeslaan jaag ek terug na vanwaar ek pas gekom het om hulle in redelike veiligheid te vra wat gaande is.

"Die duiwel is daarbinne!" skree die een.

"Ja, ek het hom ook gesien! Dit was die duiwel!" kom dit van sy tjommie.

"Die duiwel? Wat bedoel julle?"

"Ek het voor die OTM gestaan en Jakkie oorkant my, toe sien ek hom. Hy het na my gedraai en toe sien ek sy horings."

Ek het nie geweet hoe om hierop te reageer nie, en nog diep in gedagte bars hulle uit van die lag. "Werk jy ook vir die duiwel?"

Sy maat antwoord ewe: "Ja, hy is een van die duiwel se elfies." opgevolg deur nog 'n gelag. Dit was duidelik dat hulle hoog was. Op wat weet nugter alleen. Omdat die leë geldtrollie en die konsultant van die bank nog binne was, het ek besluit om die voertuig voor die ingang te parkeer, die sleutel uitgetrek en self ingegaan. Die opdrag aan die twee was duidelik genoeg oorgedra dat hulle net daar in die geldwa moet agterbly.

Met nugterheid wat stelselmatig begin terugkeer het, kon ons die dag se take suksesvol afhandel. Dit sou die eerste en laaste keer wees dat daardie twee swape saam met my sou werk. Die volgende dag moes ek hoor dat hulle weer op my span geplaas is - nogal dat hulle spesiaal gevra het om saam met my te werk - waarna ek doodluiters geweier het om die basis te verlaat saam met hulle. Maggies, hulle het vir 'n uur lank aan my gekarring en gekerm dat hulle hulself sou gedra, maar hierdie donkie stamp sy kop net een keer.

Die twee manne wat uiteindelik daardie dag saam met my op die pad uit is, sou nog 'n hele paar keer saam met my werk. Daarvoor was ek uiters dankbaar. Ons het iets gemeen gehad, ons almal wou lewendig terugkeer na die basis.

Pil-groete

Water is Lewe

'n Pantservoertuig se belangrikste eienskap is natuurlik die pantserplate wat die insittendes moet beskerm teen geweervuur. Die tweede belangrikste eienskap is ruitspuiters wat gedraai kan word in die rigting waarheen jy die water wil laat spuit. Terugskouend was dit seker nie baie mooi om mense nat te spuit wat verby die voertuig loop nie, maar as die ongelukkige slagoffer nie weet waar die water vandaan kom nie, en dit was nege uit tien keer die geval, het dit tot groot pret gelei. Die deursnee mens se eerste reaksie is dat die skuldige 'n voël moet wees.

In my verdediging was die slagoffer nie altyd so onskuldig soos mens sal dink nie. Glo dit of nie, maar daar was lede van die publiek, gewoonlik jong latte met groot spiertjies, wat aspris voor die manne sal gaan ronddrentel terwyl hulle onder lewens-gevaarlike omstandighede na die OTM beweeg.

In gevalle soos hierdie het hulle my met geen ander keuse gelaat as om hulle nat te spuit as hulle naby genoeg aan die voertuig kom nie. Die bestuurder mag immers nie die voertuig alleen los om iemand 'n snotklap te gaan gee nie.

Eendag werk 'n regte ou vaakvis saam met my. As ek sê "vaakvis" bedoel ek dit! Hierdie siel wou die heeldag net slaap. Ek kon hom binne die voertuig wakker hou op verskeie maniere waaroor ek liewer sal swyg, maar wanneer die man buite die voertuig ontplooi met 'n aanvalsgeweer en daar wil slaap, moet ander planne beraam word. Dit gaan immers nie net oor sý veiligheid nie, maar ook oor die veiligheid van sy kollegas.

Hoe enigiemand met 'n geweer van 3kg,'n pistool van 1kg en 'n koeëlvaste baadjie van 9kg kan slaap, weet ek nie, maar nog erger is dat hierdie ou met al hierdie toerusting kan slaap terwyl die moontlikheid van 'n gewapende roof altyd daar is. Ek het toe maar gedoen wat enige verantwoordelike spanleier sou doen. Ek het die voertuig tot langs hom getrek. Kyk, hy moes baie lekker geslaap het want die lopende enjin kwalik 'n meter van hom af het hom nie laat ontwaak nie. Die voertuig was perfek geposisioneer aangesien die ruitveër se water hom mooi in die gesig getref het. Steeds het hy net daar op sy hurke gesit en slaap. Ek het aanhou spuit tot ek my humeur verloor het en toeter gedruk het.

Sy kop en gesig was teen hierdie tyd reeds so nat dat niemand kwalik geneem sou word vir die gedagte dat die ou sopas uit 'n swembad geklim het nie. Met so 'n slapende lelikheid kon ek nie weer werk nie. Ek het daardie middag terug by die basis, 'n brief geskryf waarin ek versoek het dat hy oorgeplaas word na basis-sekuriteit.

Ek het dit darem met sy goedkeuring gedoen na ek mooi en beskaafd aan hom verduidelik het dat hy nie baie lank gaan lewe as hy hierdie werk al slapende wil doen nie. Toe ek 'n paar jaar na hierdie gebeurtenis bedank het was hy steeds dolgelukkig in sy pos as basis-sekerheidsbeampte.

Spuitgroete

Die Krag-apie

As die senior beampte op 'n kontant-in-transito voertuig, was die verantwoordelikhede op my jong skouers enorm. Ek was, soos reeds genoem, verantwoordelik vir die manne saam met my se veiligheid, die vuurwapens en natuurlik die geld wat vervoer word.

Op 'n dag kry ek twee spanlede wat vooraf besluit het dat hierdie klein mannetjie nie vir hulle gaan sê hoe hulle moet werk nie. Elke opdrag word bevraagteken en kanse word gevat waar en wanneer dit beskikbaar is. Een van hulle was 'n baie frisgeboude perd wat na-ure as uitsmyter werk in Hatfield. Hy was tweekeer my lengte en seker vyftig kilogram my meerdere.

Wat hy nie besef het nie, en sy maatjie wat agter sy groot vriend geskuil het ook nie, is dat ek nie kortpaaie vat wanneer dit by veiligheid kom nie. As een ou slapgat is, stel hy ons almal in gevaar. Na 'n lang dag in 'n klein spasie saam met die twee kansvatters, is ons uiteindelik op pad terug na die basis.

Sowat vier kilometer voor ons die basis bereik, sien ek dat die twee soos babas sit en slaap. Daar was nie geld in die voertuig nie;

behalwe natuurlik vir die paar randjies in my sak. Dit is egter geen verskoning nie. As hulle wil slaap moet hulle by die huis slaap. Nadat ek 'n redelike veilige plek geïdentifiseer het om af te trek, maak ek so.

"Is ons terug?" kom dit van ou groot Frikkie.

"Nee, ek het afgetrek sodat julle eers kan klaar slaap. Ek het baie tyd."

"Cornelius, jy ry nóú basis toe!"

"Nee, dankie. Ek werk vandag oortyd tot nege-uur so ek kan nog 'n ruk hier sit."

Terwyl die bees sy koeëlvaste baadjie met geweld afpluk, seker om my te intimideer, skree hy: "Ek werk vanaand en as jy nie nou dadelik ry nie gaan ek jou uit hierdie bus uitsmyt en self terugry basis toe."

Moenie 'n fout maak nie, hoewel ek hardkoppig kan wees, was ek effe skrikkerig vir die reus. Ek het besef dat hy my met een veeg onderstebo sal klap. Reg is egter reg en ek besluit om by my standpunt te bly.

"Frikkie, wag net vir my by die basis voor jy die voertuig wat ek uitgeteken het se sleutels inhandig. Ek wil hoor hoe jy verduidelik hoekom jy sonder my daar aangekom het."

Sy mater het nie veel gesê nie, hy het nie nodig gehad om veel te sê nie.

"Cornelius! Ek waarsku jou! Ek gaan jou vandag dood bliksem!"

Ek hou nie daarvan as mense my dreig nie, dis al wat nodig is vir die veglustigheid waarmee ek daardie jare nog toegerus was, om na vore te tree. “Hou op dreig en doen dit. Jy klink soos ’n ouvrou wat dreig dat sy my met haar kierie gaan bydam.”

Hy gaan sit toe weer terug op die stoel in die bussie wat duidelik te klein is vir hom.

“Ons sal nie weer slaap nie. Sal jy asseblief nou basis toe ry?”

So mak soos ’n lammetjie, dink ek.

“Dis reg, maar ek gaan nou eers ’n sigaret rook dan sal ek ry. Het julle ’n probleem daarmee?”

“Nee, dis reg,” kom dit soos vanuit een mond.

Ek het besef dat die hef nou in my hand was en ek wou hulle bietjie verder druk. Na ek baie rustig klaar gerook het, sluit ek die voertuig aan en begin teen ’n slakkepas terugry na die basis. By elke stopteken word daar morsdood gestop, ek laat motors ry wat ná my gestop het en ek begin rem aanslaan terwyl die verkeersligte nog groen is en stop dood wanneer hulle oorslaan na oranje. Die spanning in daardie voertuig was werklik tasbaar.

Die krag-apie en sy maatjie sou na daardie dag nog 'n paar keer saam met my werk. As ek opdragte uitdeel, het hulle dit stiptelik uitgevoer. Daar was nooit weer 'n geslapery of terugpratery van hulle kant af nie.

Hardekwas-groete

Die Aslorrie

Kyk, as jy al ooit 'n geldwa bestuur het sal jy 'n paar dinge weet. Twee daarvan is dat jy altyd genoeg spasie tussen jou en ander voertuie moet handhaaf sodat jy kan reageer wanneer iets gebeur, en dan dat daardie wa vrek swaar is met al sy pantserplate.

Eersgenoemde is 'n gegewe, laasgenoemde het mens soms baie braaf laat voel omdat jy 'n redelike hou daarin kon absorbeer sonder om te erg seer te kry - fisies, maar emosioneel kan dit erger wees.

Eendag is ons in Mamelodi. Ek het my nuwe bussie net die vorige week nog uit die boks uit gekry. Blink en splinternuut. Dit was 'n voorreg want voor daardie blye dag moes ek lank aansukkel met wrakke. Die pad is besig met 'n aslorrie voor my en 'n hele string voertuie agter my. Ek was seker so tien meter agter die trok toe hy skielik stop. Sy onverklaarbare gestoppery was nie die probleem nie, want hy het pas gestop of ek het dieselfde gedoen. Nee, die probleem het ontstaan toe die vuil uil agteruit begin ry.

Ek het dadelik in my truspieël gekyk en vasgestel dat daar nie plek was om agteruit te ry nie. Daar was 'n hoë randsteen op die skouer van die pad en nog 'n hele rits voertuie van vooraf op pad. Ons was vasgekeer tussen die randsteen, aslorrie en karre van agter en voor.

Met die tien meter wat met elke sekonde minder raak, het ek op my toeter gelê in die hoop dat die kraai besef hy is besig om droog te maak.

Hy het my óf nie gehoor nie, óf hom nie aan my gesteur nie. Toe hy twee meter van ons af is het ek besef dat hy nie gaan stop nie en ek het die manne aangesê om gereed te wees vir enigiets. Vir al wat ons geweet het is dit 'n roofpoging.

Die trok het my geldwa se voorste pantserplaat getref en steeds aangehou ry. Ek het die rem getrap in die hoop dat hy sou voel hy stoot iets agteruit en dat hy sou stop. Dit het gewerk en hy het uiteindelik tot stilstand gekom. Omdat ek nie my spanmaats onnodig in gevaar wou stel nie, sê ek hulle aan om in die voertuig te bly.

Met 'n humeur soos 'n ratelslang, vlieg ek uit en storm op die trokbestuurder af. Hy sien my in sy spieël en begin die venster toedraai. Hy was te stadig. Ek spring teen die trappie langs sy deur op en gryp hom deur die half toe venster aan sy kraag.

“Klim uit, jou dom bliksem!”

Hy sluit die deur oop waarna ek my greep verslap net om hom weer te gryp toe die deur oopgaan. Ek spring agteruit met hom saam en toe ek land stamp ek hom teen die trok vas.

“Hoekom ry jy op ’n besige pad agteruit?! Is jy onnosel?!”

“Ehhh, nee, ehhh, ek weet nie.”

Weer gryp ek hom, hierdie keer aan sy arm. ”Kom kyk hier. Kyk nou hoe lyk my bus!”

Ek was baie kwaad, maar ook baie hartseer want ek het geweet dat die skade nie herstel sal word nie. Dit was toe ook so. Die plaat is nog vas al is hy beskadig. Toe ek ses maande later bedank was my nuwe bussie steeds gebrandmerk met ’n vieslike krapmerk van ’n meter lank. Elke keer wat ek hom gewas het, was ek van vooraf kwaad.

Die hele gedoente het my ’n klomp papierwerk, ’n paar gryserige hare en ’n ewige vrees vir vullistrokke gegee.

Trokgroete

Die Rugbywedstryd

Aangesien ’n paar manne vir Westelikes Rugbyklub se eerstespan gespeel het, is daar besluit om ’n span vanuit die res van die transitobeamptes saam te stel om hulle in ’n vriendskaplike wedstryd aan te vat.

So gesê, so gedaan. Daar is na werk gereël om saam te oefen. Ons sou immers teen ’n goed geoliede span speel. Met ’n paar baie goeie spanne in hulle liga, kon Westelikes spog met een van die vinnigste vleuels. Hierdie mannetjie, lank en slank, se naam was Chrissie. Hoewel ons wat sou gee om hom in ons span te hê, was sy lojaliteit stewig by sy rugbyklub.

Ons moes hierdie gevaar neutraliseer as ons enigsins ’n kans wou staan om selfs net amper die wedstryd te wen. Ek is gekies om skrumskakel te speel en omdat ekself op daardie stadium heelwat gas in my kort beentjies gehad het, was die plan dat ek vroeg sou wegbreek van die afbreekpunte wanneer die bal in Chrissie se rigting beweeg om die regtervleuel en heelagter te gaan bystaan.

As in gedagte gehou word dat ek jare laas duikrugby gespeel het, was my vrees dat ek kon droogmaak geregverdig. Daar staan ek toe agter die losgemaal op Westelikes se kwartlyn en sien hoe die bal na links uitgeslinger word. Hy is beslis op pad na Chrissie. Omdat ons net aan die basiese dinge in ons paar oefeninge kon aandag gee, het ons span se verdedigingspatrone veel te wense oorgelaat. Wel, as mens dit enigsins patrone kon noem.

Soos ek verwag het, kry Chrissie die bal op sy tienmeterlyn. Soos 'n mes deur warm botter sny hy verby die vleuel en begin drasties spoed optel. Afgesien van sy verbysterende vaart, was hy ook uiters vlugvoetig. Daarby het sy liggaamsbou hom 'n glibberige kalant gemaak om vas te vat. Laat ek dan nou maar eerlik wees, ek het nie baie van hom gehou nie. Hy was hopeloos te windgat na my sin.

In elk geval. Met Chrissie in volle vaart en met 'n skuinshoek wat my die geleentheid gee om hom in te hardloop, loer hy oor sy skouer. Ek onthou nog die angsbevange kyk in sy oë. Van waar af kom hierdie klein outjie nou skielik?

Hy maak egter 'n oordeelsfout en steek vas om verby my te glip. Op daardie stadium het hy reeds tweekeer agter die doellyn gaan kuier en ek het geweet dat hy gaan probeer om my van balans af te vang. In plaas daarvan om steeds volspoed in sy rigting te hardloop, haal ek my voet net effens van die pedaal af sodat ek steeds effektief van rigting kan verander. My plan het gewerk en syne ongelukkig nie. Met die systap se tydsberekening verkeerd aangesien hy gedink het ek hardloop nog volspoed, steek ek vas en duik hom om sy bobene. Dit was 'n heerlike duikslag want dit was nie net 'n duik nie, dit was 'n skaakspel waarin ek hom in skaakmat gesit het.

Voor julle dink ek spog nou, wel, ek spog seker effens want dit was baie lekker om die vinnigste man op die veld so uit te oorlê, is ek 'n paar minute later van die veld afgehelp nadat ek 'n reus van 'n agtsteman en hulle kaptein, van vooraf om sy bene probeer duik het. Ek onthou nog hoe hy kliphard gelag het soos hy op my afstorm. Sy gelag was toe heeltemal geregverdig. Hy het darem na afloop van die wedstryd toegegee dat hy nooit sou kon dink dat 'n kortgat soos ek hom so van vooraf sou aandurf nie.

Die wedstryd was baie hard, en soos mens kan verwag met 'n klomp opgewerkte sekuriteitsmanne en 'n groep hardebaarde van Pretoria-Wes, het daar net voor die einde van die wedstryd 'n lelike vuisgeveg uitgebreek. Skielik was ek dankbaar dat ek reeds die veld verlaat het, want ek sou lekker slae uitgedeel het! Grappie! Nee kyk, die vuishoue het wild en wakker gevlieg en enige een daarvan sou my katswink geslaan het.

Ons het die wedstryd verloor en al laat mense hulself beter voel na ’n loesing deur te sê: “Maar ons het darem die geveg gewen,” was dit nie hierdie keer die geval nie. Die wedstryd is verloor en die geveg was ’n wegholoorwinning vir Westelikes.

Rugbygroete

Skotse Trane

Enige beroep wat lewensgevaarlik is, of dit 'n soldaat, polisieman, brandweerman of sekerheids-beampte is, bevat 'n aspek van bytery. Hoewel hierdie oor en weer gebytery vir die buitestaander na 'n bakleiery mag klink, is dit glad nie die geval nie, of altans nie altyd nie.

Ja, die emosies loop soms hoog, maar dis net omdat daar alewig gesoek word na jou "opponent" se swakplek. Almal is op soek na daardie unieke sêding wat die ontvanger laat huil of woedend maak.

Op 'n stadium het ek gereeld saam met 'n jong Skot gewerk. Hoewel hy Engelssprekend was, moes niemand hom 'n Engelsman noem nie of hy antwoord blitsig: "I'm a Scot, not a f@#$&$ rooinek!"

Vir my teenstanders was my swakplek bietjie moeiliker om te vind. Ouens sou eers hamer op my kort liggaamsbou, opgevolg deur nog 'n paar sinnelose goed. Ou Skottie het my goed verstaan. Hy het geweet as hy slegpraat van my voorsate, dit my bloed laat kook. Maar bygesê, dit help as jy weet hoekom mense goed vir jou sê.

Na 'n lang dag op die pad, stap ek en Skottie na die wapenkluis om, uit die aard van ons bestemming, wapens in te handig.

Ek besluit toe om een laaste hou vir die dag in te kry, "Skottie, nou dat ek daaraan dink, Queen Elizabeth is mos eintlik jou "queen" nè?"

"What...wha...what the f@#$## did you just say?!"

"Ek sê..."

"Stop talking now! Daai vet koei is niks van my nie! Hoor jy?! Niks!"

Dis nie baie mooi om aan te hou boks as jy die oorhand kry nie, maar môre is jy aan die ontvangkant en vat dit soos 'n man.

"Maar julle praat dieselfde taal, en om eerlik te wees, jy en sy trek nogal na mekaar. Is julle nie dalk familie nie?"

Ou arme Skottie se woorde was op. Hy gaan sit net daar op sy hurke en begin hardop huil. Dit is sonder twyfel trane van woede gemeng met verslaentheid. Ek het die geveg gewen, beslissend ook, maar nou moes ek die geskopte hond gaan ophelp.

"Skottie, ek speel net man. Ek weet mos jy hou net so min van haar soos ek."

"Ja, that cow is nothing in my eyes. Lower than snakeshit." Kom dit steeds tranerig.

Ek het niemand anders van hierdie sensitiewe snaar vertel nie, maar ek het dit soms self weer gebruik wanneer ou Skottie bietjie handuitruk.

Happerige groete

Die Windgat

Om groot bedrae geld te vervoer is nie kinderspeletjies nie. Op 'n dag word 'n agtienjarige klein windgat op my span geplaas. Hy het pas sy opleiding voltooi. By die eerste dienspunt sê ek hom aan om met die lang geweer te ontplooi.

"Nee wat. Ek vat net my pistool."

"Luister outjie, ek het jou nie gevra nie, ek sê jou!"

"Ag man! Ek en die instrukteurs is groot pêlle. Hulle het gesê ek hoef net my pistool te dra."

Lekker man, hier is nou 'n gulde geleentheid om 'n klein snotkop maniere te leer. Ek sal liewer nie alles wat daardie dag gebeur het hier neerpen nie, maar wat ek wel sal sê is dat hy daardie middag by die basis gaan smeek het om nooit weer saam met my te werk nie.

Sy versoek is toegestaan, waarna ek doodluiters sy naam teruggeskuif het na my span. Hieroor was hy baie ongelukkig, maar daaraan kon hy niks doen nie. Na tien agtereenvolgende dae op my span was ou

Herman een van die skerpste manne met 'n lang geweer in sy hande.

Ek sou nog by 'n winkelsentrum indraai dan sê hy: "Deur!" Waarna ek die knoppie sou druk en sien hoe hy by die bewegende voertuig uitspring. Jy sien hom nou en dan verdwyn hy soos 'n skim tussen die geparkeerde motors. Maggies, ek oordryf nie. Hy was werklik uiters wakker. Ek het geweet die man wat die geld moet inneem was veilig met Herman in die omtrek. Hy wou self ook nie meer op ander spanne werk nie.

Op 'n dag word ek deur maaggriep platgetrek en moes noodgedwonge tuis bly. Later daardie dag bel ek die basis om my begintyd vir die volgende dag te kry, toe die persoon wat die foon antwoord nie te lekker klink nie.

"Wat is fout, Jason?"

"Cornelius, daar was 'n roof by Kolonnade."

"Wie?!"

"Ek, Johan en Herman..."

"Is julle reg?"

"Nee, Leon. Herman is doodgeskiet."

Ek het my foon net daar doodgedruk, op my knieë neergeval en soos 'n baba begin gehuil. Vir jare daarna sou ek nog myself verwyt vir Herman se dood. As ek by die werk was, sou hy saam met my gewerk het. Die omstandighede van die roof het daarop gedui dat die manne se aandag nie ten volle by hulle taak was nie. Nodeloos om te sê, die jong outjies het altyd daarna uitgesien om na Kolonnade te gaan om na die meisies te kyk.

Daardie volgende oggend stap ek by 'n baie somber basis in. Hulle gee vir my die lopie waarop Herman die vorige dag die tydelike vir die ewige verruil het. Erger nog, ek kry twee nuwerige agtienjariges op my span. Later daardie dag is ons op pad na die einste Kolonnade winkelsentrum. Die spanning in daardie bussie was vreeslik. Ek sien hoe een van die manne soos 'n riet bewe en besef dat ek hulle nie alleen daar kan instuur nie.

"Fanie, jy kan in die bus agterbly, ek sal self saam met Chris ingaan." Die verligting op sy gesig was duidelik sigbaar.

Daar aangekom, sê ek die twee jongelinge aan om vir eers in die voertuig te bly terwyl ek alleen by die sentrum in is om te verken. Dit het gevoel of ek by 'n spookhuis instap, nog meer so toe ek verby die toneel van die vorige dag se rooftog stap. Daar was nog bloedspatsels teen die muur. Bloedspatsels van daardie aanvanklike klein windgat wat op die einde so 'n goeie vriend geword het. Ek was oombliklik die duiwel in. Kon hulle nie maar die muur gewas het nie?! Ek het al op hierdie stadium baie gesien en beleef, maar ek wou nie gehad het dat

Chris dit moet sien nie. Ek het die hele ent ingestap tot by die plek waar die geld in die OTMe gelaai moes word.

Eers toe ek daarvan oortuig was dat dit veilig is, het ek terugbeweeg na die bussie om vir Chris te gaan haal.

"Chris, luister nou baie mooi na my. Wanneer jy instap kyk jy net voor jou. Ek sal oral anders kyk."

In 'n bewerige stem sê hy: "Goed, Leon."

"Fanie, dit lyk skoon hierbuite. Jy hoef nie bekommerd te wees nie. As jy enigsins skrikkerig raak, roep jy my oor die radio dan kom ek dadelik uit."

Fanie het net na my gestaar met sy waserige oë, maar ek dink hy het die boodskap gekry. Geen barbaarse, bloeddorstige transitorower gaan aan enigiemand raak wat saam met my werk nie. Al moet ek dan ook self voor 'n aankomende koeël inspring - ja, woorde is maklik, maar ek het die werk op daardie tydstip reeds langer as drie jaar gedoen, en ek het geweet dat hierdie woorde waar is. My gewete sou my nie toelaat om dit ooit te vergeet as ek nie alles menslik moontlik gedoen het in so situasie nie. Ek het weer alleen ingegaan, bespied, en toe vir Chris laat kom. By die moordtoneel wou hy daai kant toe loer, maar ek het hom aangesê om voor hom te kyk.

Die taak is suksesvol afgehandel, en met my twee kollegas veilig in die voertuig het ek 'n laaste keer ingegaan. Ek het 'n veiliger roetine opgestel vir hierdie spesifieke laaipunt, wat ek die volgende oggend aan die res van die spanne oorgedra het. Dis jammer dat die mensdom meestal reaktief is, want as Herman hulle hierdie plan toegepas het, het dinge beslis anders uitgedraai.

Dis nou reeds baie jare sedert daardie donker dag, maar daardie klein windgat het 'n blywende indruk op my gemaak.

Rus in vrede, Herman.

Hartseer-groete

www.ingramcontent.com/pod-product-compliance
Ingram Content Group UK Ltd.
Pitfield, Milton Keynes, MK11 3LW, UK
UKHW021657190726
13853UKWH00001B/328